高濑川

たかせがわ

[日] 平野启一郎 —— 著

周砚舒 —— 译

浙江文艺出版社

版权合同登记号:图字:11-2016-152号

图书在版编目(CIP)数据

高濑川 / (日)平野启一郎著；周砚舒译．—杭州：浙江文艺出版社，2021.1
ISBN 978-7-5339-6317-0

Ⅰ.①高… Ⅱ.①平… ②周… Ⅲ.①短篇小说－小说集－日本－现代 Ⅳ.①I313.45

中国版本图书馆CIP数据核字(2020)第227545号

高濑川
作　　者:[日]平野启一郎
译　　者:周砚舒
策　　划:柳明晔
责任编辑:邵　劼
营销编辑:张恩惠
封面设计:棱角视觉
浙江文艺出版社　出版发行
地址:杭州市体育场路347号
网址:www.zjwycbs.cn
经销:浙江省新华书店集团有限公司
印刷:上海中华商务联合印刷有限公司
开本:787毫米×1092毫米　1/32
字数:128千字
印张:8.25　　插页:4
版次:2021年1月第1版
印次:2021年1月第1次印刷
书号:ISBN 978-7-5339-6317-0
定价:39.00元(精)
(如有印、装质量问题,请寄承印单位调换)

目　录

清　水

远处清水嘀嗒作响。

那天从早晨起，太阳就明晃晃地照着，——让人难以忍受。

黎明时分，我一边想着那许久以来固执地不肯与我同衾的睡眠究竟去了哪里，一边透过窗帘不可思议地望着外面的景象，仿佛刚刚才注意到似的。

这几天，我漫无边际地思索着近来发生在自己身上的事，想尽可能找出一个合理的解释。当然，最初并不是以现在这样平静的心情。平静——是的，现在已经平静了，也可以说是释然了吧，恐怕是这样。然而，若是释然需要如此之强的无力感的话……

那个记忆的片段，一旦在我的脑海里发芽，顷刻间便像常春藤蔓延开来一般，以植物迅猛的生长速度变得繁茂起来。

那是关于很久以前的太阳的记忆；是关于那一天无处不在地笼罩在我们头顶上的巨大的太阳，倾泻着阳光渐行渐远的记忆。苍凉的青灰色随之在天空中弥漫开来。我感伤这离别,禁不住潸然泪下,怅然若失地久久注视着那景象。

……记忆。是的,我刚才说的是记忆。但起初我并不这样认为。不,更准确地说,起初我是这样认为的,但旋即便打消了这个念头。

这难道是我从某处读来的神话片段,还是我受其引导不经意间产生的梦想的痕迹?不然就是电影的一个场景?想象中的小说的一个章节?醒来后就随之而忘却的梦因某个机缘又复苏了?或者,仅仅是肆意空想的残渣?

然而,无论哪一种,都让我难以置信。首先是回想起来的感觉,其次是记忆的现实感。

从被子里爬出来,我来到桌前,啜着昨晚喝剩的咖啡,目光停留在了一旁的饼干盒上。

那些令人怀疑又无从怀疑的记忆究竟存在吗?——我又被带回到这个问题。昨天发生的事,不,即使刚刚发生的事,如果没有留下切实可寻的物证,就可以任凭我怀疑。

比如,这里有一块饼干。我确实把它放在手掌上注视着。然后,吃掉了它。而后,记忆中留下了手掌上有一块饼干的影像。

这次，手掌上什么都不放，只是在脑海中试想饼干的样子。

我小心翼翼地攥起拳头，张开手后便想象掌心中有饼干的样子，然后再次攥起拳头。然后会怎样呢？

果不其然，我的记忆里留下了手掌上有那块饼干的样子。此种情况下，怎么能论证这两块饼干中只有第一块实际存在过呢？在我的记忆中，这两块饼干的样子是相同的，说不定实际存在的是第二块饼干呢。不，或许最初连一块饼干都不曾存在过。

我又喝了口冷咖啡。

那么，来梳理一下前后的记忆好了。从盒子里拿出第一块饼干，剥掉包装纸，放在手掌上时的记忆。就在那之后，下意识地搓了下手指，把残留在皮肤上的饼干屑搓掉时的记忆。明白了，麻烦的是我的那个记忆只是一个断片。……但是，前后的记忆真的可靠吗？现在，第二块饼干会不会已经“模仿”了第一块饼干一样，开始无限地延长它前后的记忆了呢？……

我发出声音，吸光了杯底呈圆环状残留的咖啡，从椅子上站起身，朝西面的窗户走去。

最终，没能论证出第一块饼干实际存在过。……（我回头看了看桌子）就连此刻依然还在那里的咖啡杯，都可能与我记忆中的咖啡杯不是同一事物了。怎么能说是同样的东西呢？就连这个我都……

想到这里，一阵不安向我袭来。然后，半推半就地，我慌忙改换了结论。

可是，即便这样做，我依然明白。实际存在的不是第二块饼干而是第一块饼干。因为有关第一块饼干的记忆中附带着什么东西，对，是实在感，就是用手实实在在触摸时的那种现实感。这种感觉终归是有关第二块饼干的记忆所模仿不出来的。

这样一想，我开始对结论的脆弱性感到失望。……是现实感啊。能为我验证记忆的终归只是这种程度的东西啊。

但是，这正是我最初想要的想法。

——是的，这一结论肯定了我的那个记忆。因为，现在它已经具备了不输给其他任何记忆的现实感。

靠近窗户便传来了些许凉意。虽然要直接看外面还有些令人踌躇，但我还是下决心拉开了窗帘。果然，太阳比任何时候都要炽烈地照射着。随着记忆变得真切起来，我渐渐可以看清它的模样了。我是想要怀疑自己的记忆吗？事实上那天之后，太阳不是一直这样照射着吗?

我穿上昨天脱下的满是褶皱的裤子,然后在随意选出的毛衣外面披上一件薄大衣,出了门。

呼出的气变成了白色。冷风像野猫或是其他什么动物似的,从我的脚下掠过,呼的一下卷起了大衣的下摆。可倾泻而下的阳光却丝毫不被风所吹动,我觉得很不可思议。同时,对还在这些微不足道的小事上寻找平淡无奇的奇迹的自己,也感到很不可思议。

沿着下鸭主路[1]朝南走,在神经质地伸展着枝杈的唐枫树下,我看到了一个清扫落叶的女人的身影。她穿着藏青色清洁服,戴着白色线手套,鬈发从后面扎起,四十岁模样,是那种随处可见的普通女人。我刹那间不安起来。我走近她,不出所料,那女人在我眼前仿佛变成了微弱的声音而消失了。

此时,清水嘀嗒作响。

没过多久,又走来一对拿着旅游指南手册的男女。他们也在我的身旁变成两个同样的声音消失了。

那声音,怎么形容好呢?就像什么东西裂开的声音。但又不同于纸张或木头裂开时发出的声音,就好像,对了,就像人的皮肤那样有弹性的东西,被拉扯到极限,难以承受而裂开时发出的隐隐的、令人不快的声音。

是他们消失了,还是我消失了,无从而知。又或者,可能是我们都消失了。

这样的事情是从什么时候开始发生的呢?我思考着,忽然想到了去向不明的自己的死。

对死亡的恐惧,我和其他人一样。那是因为我确信:或早或晚,死亡都会不请自来。说起来有点滑稽,当我站在车站或机场的自动扶梯上,踉踉跄跄地迈过终点时,我甚至会沉浸在这种无聊的思绪中——自己或许会像现在这样,难堪地迎来如期而至的死。我也曾想过,如果偶然遭遇了事故,我将难逃一劫,就这样不情愿地死去,这一瞬间来临时,也没什么不可思议的吧。

然而有一天,我意识到,自己的死亡很久以前就在时间中消失了。无论我展望未来,还是回首过去,哪里都找不到死亡的踪影。那么,是我相信自己是不死之身吗?也并非如此。死亡依然在某个地方存在着。这是那清水告诉我的。滴落之后便是死亡。——可是,通向死亡的方法又是什么呢?

我不曾尝试过世上已知的自杀方式。一种都没有尝试过。因为,无论如何我都无法想象那样可以为我带来死亡，而且主要是因为我现在仍无法克服对于死亡的恐惧。

我只是一直想知道。思来想去之后，我试着得出了一个结论——自己的死一定是像水银那样易溶解的金属之类的东西。现在它还是液体的状态，小小地膨胀着凝结起来。每当清水滴落时，我都将被溅射到它飞散出的死亡飞沫。之所以不能触碰到它们，不正是这个原因吗？……

骑着自行车的少年从对面飞驰而来，不锈钢挡泥板闪着白色亮光，只留下鲜明的笑脸就消失了。太阳丝毫没有停止照射的迹象。

即便如此，死没有为我凝固在某一时间点上，这是多么奇妙的事情啊！如果时间稍稍倾斜，死亡就会立刻像从坡上滑下来似的，从四面八方向我脚下涌过来。——但是，果真会这样吗？那个时候，死亡不会径直从我身旁流过，流向我所无法企及的地方吧。不，说不定它已经以液体的形态渗透到了时间里，濡湿了我的脚下？

清水又滴落下来。

来到北大路，向西一转，一个从弹子机店里出来的男人消失在与我相撞之前。自动门瞬间传来了店内的喧嚣。之后只留下那一向令人不快的余音。又向前走了片刻，这次是和大约十五个人的白人旅行团擦身而过。两个十二三岁的金发少年走在拿着旗子的导游前面，是队伍的最前端。就在我边望着他们的脸庞，边思考着对面的孩子虽看起来很老成，但说不定还是小学生等问题时，他们的身影也在我眼前猝然消失了。随后，戴着墨镜、赤红着脸的中年男子消失了，导游消失了，正在全神贯注地听导游讲解的一对优雅的老夫妇消失了……在父亲腿边纠缠不休的小宝宝，满脸雀斑的少女，神情严肃地浏览着旅游指南手册的大学生模样的青年，戴着棒球帽的肥胖男人，队尾正要给一部相机装胶卷的蜜月中的年轻情侣，——都悉数变成同样细微的声音消失了。我停住了脚步，在沉默的街道上，抬眼望着倾泻如故的阳光。于是再一次想到我那无法捕捉到的死。

失去的真的只有死亡吗？

这样的疑问在脑海中掠过。我生存的时间大概已经终止了直线的形式吧。我的存在，或许就像孩子扣翻了的玩具箱一样，已经分散到时空的各个角落了吧。

路过公交车站驻足而立时，又听到了三个声音，它们消失之后，我才慌忙意识到有人在那里。

透过隔路相望的咖啡店的窗子，看得见一男一女正在激烈地争吵。旁边座位上展开报纸阅读的公司职员模样的男人，时不时饶有兴味地偷看他们。提着购物袋的孕妇独自一人从咖啡店前走过。行车道上，汽车仍在安然地行驶着。

我感到无法理解，甚至感到不寒而栗。凭着无意间使用的那样的语言，我感觉骤然接近了某个来历不明的东西。有一种弄清楚了不可挽回的东西是什么的感觉。因此才会感觉有所领悟。

过了红绿灯，走到北大路桥，我右转到半木之道上走了一会儿。

成排的松树，叶子已经干枯。前面光秃秃的、枝干纤细的垂枝樱棵棵相连。

我蓦然在其中一棵前停下了脚步，看见了一小堆畸形的肉体，覆盖着稀疏的羽毛，溢出的血变成了黑色，已经凝固。

是一只死掉的鸽子。羽毛像是被拔过似的，凌乱地竖立着，在我几乎感觉不到的微风里随风颤动着。是因为肉体腐烂，羽毛根部变得松动了吗？一根根羽毛向四面伸开，迎风扭曳着。越是靠近顶部，羽毛越是凌乱地散开，隐约呈现出略带青色的灰白色，看起来就像鹅毛玉凤花的花瓣似的。周围散落着两三根飘落的羽毛。

我不禁诧异，活着的时候那般光滑、整洁的羽毛，一旦死去竟变成了这副模样。裸露出的纤细感反倒衬出了肉体的沉重感。我胸口感到无法形容的憋闷，甚至感觉到前所未有的焦躁，于是我下到河滩，准备逃离这一切，可亲眼所见时并没有在意的鸽子尸体脖颈处那一抹鲜亮的绿色，不知为何一直执拗地闪现在脑海中。

而后，清水又滴落下来。

我穿过河滩，在混凝土加固的石头河岸上坐了下来。

可能是因为天气寒冷的缘故，河滩上除了我再没有任何人。平时常见的遛狗的主妇，慢跑的年轻人都不见了踪影。早已经过了红叶的季节。北大路桥、北山大桥、加茂街道上车辆川流不息，它们和刚才垂枝樱成排的道路相连接，形成了一个仿佛与外界隔绝的巨大的梯形。

鸭川水面上阳光倾洒的景象甚是壮观。放眼望去，无论哪里，都是波光粼粼，炫目到无法直视。

是弥漫在天空中的光线映出了河水的样子，与它融合在了一起呢，还是光线浮现在水面上，与河水渐次融合，继而扩散开来了呢？

一度解体，又在平面上复活的太阳。委身于人们踩实了的河道，又游走了的太阳。

越来越多地洒落下来的太阳的光晕令我疯狂。绵绵不绝的照射带来了难以形容的压迫感。那番景象中似乎蕴藏着某种类似音乐一样的东西。而且，绝不是单调的音乐。那音乐在无休止的单调中，混杂着让听者感觉异常且不断变化的幻象。我感到自己的听觉向着那不可能听到的声音急剧收缩，并无限地扩张开来。感觉鼓膜紧张得几近崩裂。河水流淌的声音被粗暴地屏退。车辆也不再发出噪音。但是，就在沉默压迫而来之时，耳中的焦躁感愈加强烈起来。正如声音的对面不存在沉默那样，沉默的对面也没有声音，这是听觉所不能理解的。就像侧耳倾听就能听得到微弱的声音一样，我产生了错觉，感觉从沉默中也能听得到声音。听觉无处可去，漫无目的地彷徨着。

之后，视觉也异常敏锐起来。

我的眼睛执拗地追逐着太阳光晕触水的瞬间。有的如同钟摆似的左右摇晃着，其腹部先落入水中，转了两三圈儿后缓缓地随水流逝。有的斜着迅速落下,边缘浸湿,被裹挟入水流后,猛地倒下,随水流去。一片、一片接触水面的瞬间,溶解在阳光里后消失的瞬间。但是,这些不过都是炫目光线下的幻影罢了。都是不成线的线,没有形的形。视觉到达不了任何地方。和沉默中的声音一样,即将到达的前方,不过是光的无尽扩散处。

各种感觉都被通向破绽的那盲目冲动附了体。错乱之下,相互侵占彼此的领域。我震惊于它们的敏感程度。因为它们远比我自身还要更早知道该前往何处。

相隔很远,又连续不断的河床落差,吞噬了阴影,将波浪推向像湖面一样泰然充盈的光带。无边无际地反射着的那些细小的波浪,映衬着分不清是藏青还是深绿的底色,渐渐扩大了波浪间的距离,一闪一闪地消失在最亮的光里。水鸟在那里变作朦胧的黑影,嬉戏着。每当降落到河面时就变成黑影,待到飞起,又恢复了原来的模样。那景象就像是在走马灯似的观看画卷上描绘的不死鸟在死亡与复活之间轮回而生似的。

因为一度用力闭上眼睛的缘故,我的目光所及之处如血雾笼罩般被染成了红色。同时,阳光忽而退去,河流清晰可见。突然浮现出的色彩和曲线,让我想起了女人的长发和肌肤。而我每次眨眼,这一切便会一点点模糊,变成再次在我眼前扩展开来的河面上的光逐渐消失。

我看见的东西究竟是些什么呢?或者,我想要看到的东西究竟是……

我仰头望向天空。感觉在冬季这片干燥的天空里,看到了记忆中的太阳,充沛地倾洒着阳光,渐行渐远的那轮巨大的太阳幻影。阳光倾洒着。依旧倾洒着。虽然雪在以天空为背景时,看起来如同尘埃一般。可这光却如此美丽,如此苍凉。

正当我以手撑地想要站起来时,突然看见一只没戴项圈的狗从对面河堤上滚落下来。那狗跑过河滩,从岸边滑下去,发疯似的跳进河里,一边用河水淋着比纯种柴犬要长些、邋遢些的体毛,一边扭动着身体。

它那被剩饭残渣弄脏了的身体逐渐披上了一层光。

"啊,连你也……"

清水又滴落下来。

——这同样也是一段记忆,而且是个微不足道的记忆。我一边回想着，一边像对待其他所有记忆一样，试图再次将它唤醒。沿着河滩向北走，之后便一直穿梭在街市中，我尽力想要相信这段记忆是今天的记忆，是刚刚发生的记忆。想要相信在充斥而来的种种记忆中，只有这段记忆才是离我最近的过去的记忆。当然，这都是无用之功。我早就知道。相反，纵然我能够那样相信，那究竟又有多大意义呢？什么都没有，没有任何意义。无论是今天的记忆，还是昨天的记忆，还是千百年前的记忆，还是那个也不知是多久前的关于太阳的记忆。那些都是相同的记忆。而且，都是在时间里徒劳漂流着的孤独的记忆。对啊，恐怕就连这一瞬间也是如此。

来到北山路，朝西走，在堀川路前向南转，进入住宅区后向东、向北、向西……这样不断地反复着，途中在某处穿到紫竹路，然后继续……

愚蠢的彷徨让我渐渐地接近着什么。那自然不是具体的某个地方。不如说正是这漫无目的的行走揭示了**某种**存在。人们在我的耳畔仅留下细微的声音，便从我的视野里消失。光里注入了新的色彩，世界将如刚刚脱壳而出的夏蝉一样，恢复其纯真无垢的身姿。

存在,——是的,如今已不应再怀疑,这个我的存在被接二连三放逐到了过去。这一瞬间的我的存在,啊,从这样说开始,它已经成了一段危险的记忆。思考还未结束,就变成记忆远去了,甚至还没来得及给它命名,不,甚至还没意识到。我的存在,是根本捕捉不到的存在。我只是被一群零散的记忆纠缠不清的某种物体,犹如抽去绳子的串珠,向着过去散去的某种物体。我就是把那些——是的,把那些被命名为记忆的自己存在的断片,无意义地收集起来,并想要将它们串联起来的某种物体。未能拾起来的何等之多啊。错拾起来的又是何等之多啊。

清水又滴落了几次,渐渐缩小了间隔。滴落,又滴落。

走过落了叶的成排的银杏树,我再次回到北山大桥。从那里开始,我好似被什么引导着似的,从半木之道向南走去。之后,遇到了最后的不可思议。冬季的垂枝樱沿着鸭川寂静地成排而立,在一株纤细的樱花树下,不合时节的樱花瓣四四方方地堆成了小小一堆。

我好像确实看到了似的。但那并不是花瓣。走近一看,才发现是一块陌生女子的淡粉色手巾。我跑过去时，脚下带起的微风稍稍卷起了小手巾的边角，先前看到的那只鸽子的尸体，从缝隙中隐约露出了羽毛。小手巾缓缓飘动，又盖在了那鸽子上面……

太阳仍明晃晃地照着。

我时不时望着那微微飘动的小手巾，久久伫立在那里。同时想着小手巾下面，现在依然躺着……应该还在躺着那鸽子的尸体。

此时，清水在我身后不断滴落。

【注释】

① 下鸭主路，贯通日本京都市南北的一条主干道，沿途有著名的下鸭神社。下文出现的北大路、半木之道、北山大桥、加茂街道、鸭川、北山路、堀川路、紫竹路均是位于京都的地名。

たかせがわ

高瀬川

穿过微暗的走廊，刚一进入门上闪着红灯的房间，左手边突然传来一声声调怪异的"欢迎光临"，二人吃了一惊。原来是房间里配备的自动结算机在房门开关时，自动反应发出的声音。

那声音像是为了不吓到到访这种地方的男女似的，也不左顾右盼，直冲墙壁发出，但还是显得如此唐突，而且声音大得让人怀疑是不是商家对机器的设定有误。对于二人来说，这响声像警报一样让人不舒服。

女子一下子叫出声来，抓住了男人的胳膊。隔着薄薄的衬衫，他感到了突如其来的十指的力量和温度，这力量和温度接下来将轮番造访自己身体的各个部位，这突突乱撞的感触就是直白的预告，让他略感兴奋。

金属制的长方体机器对二人的过激反应完全不予理会，依然生硬地将元音和辅音组合起来，说明着结算的方法，从银色出口中吐出了一张印着进店时间的纸片。打印出来的纸片向后翻卷着，看上去就像伸出的舌头，二人不约而同地笑了起来，感觉就像完全被那孩子气的恶作剧骗到了似的。

“吓了一跳吧。”大野转向裕美子，再次露出了笑脸。

“嗯……是吓了一跳。”

她点头答应着，这才发现自己正紧紧抱着他的胳膊，便不动声色地松缓了手上的力量，悄悄放下了双臂。虽然她知道就那样依偎着他也没关系，但还是像不知该如何弥补这一动作产生的空白似的，向无精打采地垂下来的卡片伸出了左手，然后仿佛被卡片拉过去似的，将身体凑到了自动结算机前。

大野向默不作声地看着纸片上的文字的她凑了过去，左手揽住了她的腰，这次是他主动把身体靠了过来。整条手臂立时传来她的体温，左胸处感到了她肩膀的圆润。肉体切实存在的质感瞬时向他袭来，散发着强烈的、单纯的诱惑。……她虽然没有抵抗，但也没有完全委身于他。他往搭在她骨盆骨骼最为凸出的部分的手上稍稍注入了力量，深入到因体温而弥漫开来的香水的香气深处，把嘴唇贴在了她的头发上。就在她想要回过头来时，背部却不由自主地靠向了他的胸部，这让他更加敏感地感觉到了她的重量。

待她转过身，二人相对，顺势相拥在一起，脸颊渐渐靠近，双唇重叠起来。她旋即把皮包丢在地上，发出了重重的响声。这是他们第一次接吻。他的舌头沿着她嘴唇间的缝隙轻轻滑过，她似乎接受了这一邀请，张开了嘴，双方的舌头立即涌入对方的口中。也许是喝多了酒，两个人的嘴唇都有点欠缺润泽。为了消除这份干涩，二人的舌头不分彼此地在嘴里缠绵，相互吮吸着。他们几度变换了脸颊的位置，鼻尖几乎蹭过鼻尖，不多时嘴唇周围便自然渗出了唾液。

气息同时从嘴里和鼻子里呼出，在双目紧闭的二人脸颊之间那狭窄的空隙中飘浮着沉闷的热气。大野略微感到了拂过鼻孔时成分复杂的香气。唾液与口红，素颜与粉底，头发与洗发水、护发素的香味融合在了一起，还有他自身的香水与她的香水的味道，混杂着衣服与肌肤的缝隙间散发出的微微体味，浮现出一个拥抱的幻景。

大野环绕在她背部的双臂，因一时空闲、无处可放而感到彷徨。慌乱中，他悄悄将手伸向了她腰部以下，一边在面料微薄的短裙上滑动着，一边抚摸着她隆起的双臀，连同裙子一起抓住，以致弄歪了裙线。

她扭动着身体发出轻微的抵抗，他也并不强迫，双手又回到了背部，然后反复做着这一动作，寻找时机。这期间，他那渐渐鼓胀的生殖器一直在二人的腹部下面被肉体挤压着，痛苦地寻找着去处。二人依依不舍地缩回舌头，像刚开始那样只用双唇延续着余韵，睁开眼睛的同时，静静地分开双唇，额头贴着额头，相视而笑。然后把头放在对方的肩膀上，久久地相拥而立。

过了一会儿，松开对方，裕美子捡起皮包，揽起大野的胳膊，二人一起向有床的房间走去。凌乱的衣服如同对方身体的余韵，沉沉地裹在身上。

她边走边反常地将右手拿着的纸片递到了他面前。

大野看了一眼纸片，望着她的脸说："你刚才一直攥着它吗？"

"嗯。……谁让你那么突然来着……"

她微微低下头，笑了起来。

打开里间的门，大野把她那皮制的、带提手的白色大手提包和他斜挎的黑包放在斜对面的圆桌上，顺手从她那里接过了那张纸片。

纸片被她汗津津的拇指用力捏过后，下半部分被印出比她拇指大一圈的弧形，陷了下去。

房间约八张榻榻米大小，左边有一张床，右边靠里的地方摆着一张桌子和沙发，没有窗户，也没有这类酒店常有的奇怪设施。虽然这房间是二人在楼下看着样间的照片决定的，但并不是半开玩笑般轻松商量的结果，不过是大野随便选了一间看起来最无可挑剔的房间，她轻轻点了点头表示赞同而已。

“还真宽敞呀。”大野一边这样说着，一边在门右侧的冰箱前蹲了下来，“喝点什么吗？虽然喝了那么多酒。”

“不用了，我带着的还没喝完。”

她走到桌子前，从包里取出了500毫升装的依云矿泉水瓶。

“是吗？……那瓶已经不凉了吧，这里有冰镇的。”

“好，那我一会儿去看。这之前……我想先去趟卫生间，行吗？”

“啊，当然，去吧。”

他一边目送她进了卫生间，一边塞进硬币，从冰箱里取出一瓶乌龙茶，坐在沙发上打开了盖子。

刚才那一阵拥抱的热度现已稍稍退却，就像独自浸泡在人们洗过澡后那温暾的洗澡水里的感觉。他没有就此带她上床，是因为感觉到了酒精的利尿作用引起的独特而强烈的尿意，从被她抢了先这一情形来看，她接受这一行为的中断，事实上或许出于同一原因。这让他觉得很可笑。

他发出声音，大口喝着乌龙茶，浸润着喉咙，终于忍到了极限，开始在房间里踱起步来。床头枕边排列着照明、空调、有线广播等各类按钮，旁边还预备了两个避孕套。此外，还零零散散摆放着电话、纸巾盒，以及一张冰箱旁边的那台"成人用品"自动售货机的商品清单。他一边斜视着塑封过的清单，一边调低了冷气，转动按钮稍稍调暗了光线，又试着按了一下旁边的开关，整间屋子都切换成了粉、蓝两色。刚才在下面看照片时，就感觉墙壁的颜色不是白色而是蓝色，原来这奇幻的色彩源于这个装置。

他最终还是决定把灯光调回到原来的无色状态，并关掉了最亮的日光灯。做完这些事后，他还是坐卧不宁，又开始踱来踱去，刚才虽然没有注意到，但此时他却在冰箱上面发现了一个现在已不被使用的"Air Shooter"付款机[①]，怀念之情油然而生，禁不住凑上前去。这是一个划时代的发明，退房时将费用放进胶囊状的容器中，通过连接房间与前台的管道来进行结算。

“还有这种东西哪……”

他完全没有注意到这一装置已经过时，因为他已经很久没有来过这种地方了。今天来到这里也是误判的结果。那时他一直觉得这个产品的名字非常奇妙，因为产品名里“Shoot”一词包含了“射精”这一隐语的含义。想起这些，他觉得膀胱受到了刺激，便一边踏步，一边独自玩味着这个无聊的发现。

从卫生间出来的裕美子发现房间暗了下来，下意识地抬头看了看天花板，听到他搭话，吓了一跳。

“其实我刚才也想去卫生间来着。”

“啊，是吗？不好意思，我还不紧不慢地补了补妆……”

“是吗？这么长时间，我以为你肯定是上大号呢。”

听到大野开玩笑，她用手做了个空打的动作，说道：“讨厌，才不是呢。”

打开卫生间里的浴室门之前，他又笑着说：“没关系，快去吧？”进了浴室，他开始反省自己是不是话太多了。就像为了掩饰紧张的心情而不知不觉开始哗众取宠的十几岁的少年。

想到站着小便，响声会传遍整个房间，他便毅然决然地褪下裤子，坐了下来。蓄积到极限的尿液倾泻而下，冲击到白色坐便器的斜面上，发出的声音让人感到说不出的爽快。他仰起头，闭上双眼，长长地舒了一口气，一阵无力感后，继续等待排泄完毕。

今天为了不喝到酩酊大醉，他一直只是在喝啤酒，这就是结果。小便几次欲停又出，这样反复了几次后，为了不让膀胱中残留一滴尿液，他用力按了按腹部，然后轻轻晃了晃，一边提裤子一边站起身来，冲了水，心情舒畅起来，"哈"地松了口气。

他慢慢拉上拉链，系上裤带，又想起了刚才那个"Air Shooter"付款机，跟这个机器相比，门口自动结算机那毫无情感的应对，倒是完美地继承了从前情人旅馆门口必然存在的那些负责接待的大妈的态度，她们的职业养成了其漠不关心的态度。结算机就相当于"未来的大妈"。他虽然觉得事不关己，但又想起利尔-阿达姆[②]的小说，忍不住要思索下去。

大野上大学时有个在情人旅馆打工的朋友，一起出去喝酒时，周围人经常缠着他说些旅馆里的奇闻逸事。大野至今仍记忆犹新的一件事是这种地方不卫生——他自己对情人旅馆敬而远之,恐怕也是受了这些话的影响——到令人发指,还有一点,就是在那儿工作的那些略有隐情的大妈们和像他朋友那样二十岁左右的年轻人们之间,竟还有如今少见的温暖人心的交流。

大野格外喜欢后一个话题。例如,虽不是有钱人但教养并不差的友人,经常听大妈讲打架闹事、放高利贷这类他们这一代从未听说过的事情。震惊之余,他发现年龄与他母亲相仿的这位大妈其实一直像亲人一样关心着他。以至于还出现了对方为表达谢意,用便利店塑料袋装着满满一袋子橘子送给他的事。此外还出现过因为客人嗜好另类,从浴室到床单上,各处留下污秽之物,而他们边起哄边齐力清扫的事。每件事都是那么的滑稽,而且饱含着温情。大野每次听友人讲时都会一边愉快地笑着,一边发出类似上了年纪的人的那种感叹——这一定会成为很好的人生经历的。

如她所言,洗脸池旁边放着貌似装着化妆用品的黑色化妆包。他摘下表,放在那里,一边洗手一边盯着镜中映出的自己,自己的脸与其说在发红,不如说是冰冷、无色,甚至让人觉得有点苍白。不仅如此,脸庞上明显呈现出酒过三巡后那种难看的浮肿，眼睛深陷于眼窝中显得无神。于是他想到至少要以比现在稍微精神点的样子出去，虽然他也知道这不过是徒劳，但还是用双手使劲搓了搓整张脸，把蓬乱的头发整理到能见人的程度。

在很早之前，他就开始在意自己的表情了。他的这一行为从几乎所有朋友都开始格外注重外表的青春期开始，此后一直没有改变。

表情，即情感的表现，是内心作为物质被形象化而最为显而易见的地方。——要说是从何时开始的，那还是在他十岁的时候。那时他开始注意到，自己总是被别人以莫名其妙的理由关心着。他几乎毫无意识，只是漫不经心地走在学校的走廊上时，他常常被朋友或老师叫住："你不要紧吧？"他总是对这种唐突的问题产生畏惧般的困惑。他想象着，无论如何，自己这样令人担心，一定是脸色看上去很不健康。

当时他对自己的表情已深感厌倦，认为这是长久以来令他束手无策的自身内部病症的表现，并通过镜子进行了确认。该如何让自己的表情远离他人的目光呢？这令他煞费苦心。从那时起，活着，于他而言附带了一层隐藏的含意。他厌恶一本正经，喜欢以轻浮的态度处事，虽因此时常让他人忍俊不禁，但他断然不接受别人的怜悯。就这样，他勉强维系着自己和社会的联系。虽然他非常清楚维系这一纽带只是权宜之计，但也想不出其他好方法。他以这种方式支撑了十年之久。这期间他唯一不能掌控，数次出卖自己，并一直在切断那纽带的正是他的表情。

在这种情形逐渐露出破绽的时候，也没有什么深刻的理由，大野开始写起了小说这种东西，最终凭借大学在读期间给文艺杂志投稿的作品，获得了著名的文学新人奖，并执着追求，把这件事当成了职业。自那以后，人们总认为他的表情就像他的作品所产生的混沌感一样，难以理解。如果作品与作家的内心息息相关，那么自然应该与形同内心模板的表情血脉相连。那表情就是即将倾吐而出，尚未形成语言的、未经整理的集合体。他自己把这种东西想象为极其怪异的东西。证据就是，一旦稍不留神把它带出家门，随后一定会“撞上”这样的言辞。

“前几天偶然看到你表情非常严肃地走着。怎么说呢，就是那种极其深刻的严肃表情……”

从浴室出来时，裕美子正坐在沙发上查看手机信息。屏幕上的灯在她手中散发出朦胧的光。她急忙结束了操作，边关电源边抬起头，半开玩笑地回敬道："这么长时间，我以为你上大号呢。"

大野笑着凑过去，紧挨着她坐下。他觉得灯光又变暗了。

她一边把手机收到皮包里的薄开衫下面，一边说："刚才那个曲子一直萦绕在我脑海里。"

"哦，"大野一边点头一边说，"是因为听了四遍的缘故吧。"

"A面，……有三首曲子，还是四首曲子？"

"有四首曲子。"

"分明有四首曲子，不知怎的，只有第一首曲子萦绕耳边，挥之不去。"

"这种事常有吧。"

"对了，叫什么名字来着？"

"*In a Sentimental Mood*③。约翰·柯川④和艾灵顿公爵⑤共同创作的。"

"啊，是吗。我问了你好几次了吧。脑袋太笨了吧？"

"没有，"大野笑道，"因为脑袋进酒了。"

"我可能还会忘。回去时你再告诉我一遍啊。演奏的人也告诉我一下。下次要是有机会就登载到杂志上。就叫《适合秋夜倾听的成年人音乐特辑》。怎么样?”

“不错嘛。”

“你还真是,不管怎样都觉得好,是吧?”

“那倒没有。你不光负责文学,还负责音乐专栏吗?”

“嗯,是整个文化专栏,虽然以匮乏得让我不好意思的知识储备在做着。采访时就露馅儿了吧。”

“没有,我觉得内容很专业。不是奉承你,是真心话。”

“谢谢,我就当是真心话吧。”

“嗯。也有挺过分的呢。”

“还是有啊?”

“几乎没有啦。不过其中也有像无名的怨恨穿着人的衣服在喋喋不休般的表述,尤其是因为我很年轻这样的说法。”

“还真是呢。”

“嗯,确实有呢……”

傍晚,他们在四条河原町的商场前会合,然后在裕美子以前在杂志《京都特辑》上介绍过的先斗町的意大利餐厅用了餐,之后去了他经常光顾的一家叫作

“RELAXIN”的酒吧，在那里面对面度过了两个小时。这家店的店长五十岁左右，与大野关系很好，是迈尔士·戴维斯[6]的狂热信徒，迈尔士·戴维斯简直是他心目中的“神”，店内到处装饰着他的照片和唱片封套，还有他来日本时的宣传册、演奏会入场券等等，在原版和日译版两部自传图书旁边，摆放着他花二十五万日元买下的戴维斯原创钢笔画的画框。

这天恰逢店长不在，吧台里站着两个打工的大学生。其中一个叫“里布曼”，是京都大学学生，是大野大学时代所在的轻音乐社团的学弟，恰好大野离校时他入社团，是个次中音萨克斯吹奏手，非常喜欢约翰·柯川。他趁店长不在，放上了严禁拿出的*Ascension*[7]、*Live at the Village Vanguard Again*！[8]等IMPULSE[9]公司后期发行的唱片，其间他几度陷入犹豫不决的状态，担心事后被发现而被解雇。他之所以叫“里布曼”，是因为他在吹奏高音萨克斯时，出神入化的技巧像极了大卫·里布曼[10]，于是店长笑他，给他取了这个绰号。

大野记得他们二人开始在店里喝酒时，播放的好像是艾瑞克·亚历山大[11]。当这家店珍藏的著名唱片——麦考伊·泰纳[12]和麦克·布雷克[13]几年前共同录制的*Infinity*[14]播放起来的时候，吧台的气氛也变得奇特起来了。大野厌倦了啤酒，喝起了苏打水勾兑的伏特加，裕美子则喝起了酒精度数不高的鸡尾酒。当音乐结束，店里安静下来时，传来了酒吧常客和“里布曼”之间习以为常的争论，虽然他们此时依旧笑颜相对。

“麦克·布雷克还是远不及约翰·柯川呀！”

“哪有，没有的事儿。”

拥护布雷克的其实是“里布曼”，虽然他超级喜欢约翰·柯川，但还是时时小心不让自己变成阴郁的约翰·柯川音乐教义信奉者，与他唱反调的是个五十岁左右的男人，看上去像是多年的爵士乐粉丝。大野虽然没跟他交谈过，但却在这里见过多次。

此时留意他们交谈的只有大野，店内时不时传来的“埃尔文·琼斯[15]”“布雷克兄弟[16]”等专有名词，似乎完全无法进入对爵士乐毫无兴趣的裕美子的耳中。争论的实质单纯至极，“里布曼”强调布雷克技术卓越、可塑性强，与任何类型的音乐家都能合作完美，甚至还举出具体乐段来加以说明，而客人一方则做出了略显抽象的辩驳，认为正因为如此，布雷克才不具备约翰·柯川那样的穿透力，因太过纯熟而欠缺情绪。

总之都是那种习以为常的、没有结果的争论。

这之后放上的是 *DUKE ELLINGTON & JOHN COLTRANE*[17]的黑胶唱片。

因为店员——还有一位在厨房里——一直专注于争论，没有注意到唱片已经结束，致使大野他们听了四次自动循环播放的A面。当第二次播放开头的曲子 *IN A SENTIMENTAL MOOD* 时，大野示意裕美子将注意力转向音箱，并向她讲述了自己对这个曲子强烈的钟爱之情，还讲了这个专辑的独到之处。当时柯川离开了迈尔士·戴维斯，追求独特的、充满激情的爵士乐，与乐坛泰斗艾灵顿公爵合作了这个专辑。他顺便还对被称作"sheets of sound[18]"的柯川原本的风格，以及恰好他那时苦于不适应吹嘴，而吹不出快节奏乐曲的内情，做了约定俗成的、像专辑封套那样的解说。她侧耳倾听，不住点头回应，最后说了一句简短的感想，"好美的曲子啊"，以示赞同。

当第三次播放时，她苦笑道："又来了。"到第四次时，她便一边叹息一边开玩笑："今天大概会一直这样持续下去吧。"然后决定离开。

大野当时产生了一种难以容忍的心情。这是他第三次与裕美子见面。第一次是在今年夏天，他耗费四年时间写成了一部长篇小说,她前来采访。她是某出版社女性时尚杂志的编辑,大学读的好像是文学部的法语专业,但一谈到这个话题,她就红着脸搪塞着说:“哎呀,已经是封存已久的过去了。”不过,最后她还是不好意思地吐露了毕业论文写的是热拉尔·德·奈瓦尔[19]。她采访时居然很罕见地没有雇用撰稿人——后来问起时,据说这并不是她的偏好,而是要顾及预算——她一边翻看着因插入大量便笺而变得鼓鼓囊囊的他那上下两卷本小说和她自己总结的笔记,一边提问,最后从“个人感想”出发,讲了她对作品本身以及采访的印象。她表示一直以来因听说大野的作品很难懂而敬而远之,但是这次的小说令她感动不已,会尽早阅读他的其他作品。这虽然是多数采访者都会说的一种客套话,但她的表达方式非常坦率,让他产生了些许好感。最后,自己竟然怎么都想不起开始时问过的她的名字,想着回头再去确认一下插在口袋里的名片,可接下来另一个杂志的采访马上开始了,别说名片了,连这个想法都不知道遗忘到哪里去了。

这是八月上旬的事了。到了八月中旬,大野收到了她寄来的采访稿校样和对他“其他作品”长篇大论大谈感想的邮件。多次邮件联系后，二人自然而然亲密起来，还在东京一起吃过一次晚饭。随后进入九月，恰好一周前，大野收到她的联络邮件，说是想在京都逗留几天，度过为时已晚的暑假，他便主动承担了陪同工作。

那时大野就已经预想到今天会与她发展到这一步。出于职业上的探究癖，他不禁想到如果将两人的故事写成所谓的恋爱小说的话，那么过程不尽详细这一点很快就会成为众矢之的吧。可实际上，事情并没有那么严重。他并不认为自己是作家，是个多少有些知名度的人。虽然接受年轻女编辑或撰稿人采访的机会数不胜数，但类似这次的事不可能重复上演，这对于她来说也应该是一样的。

无论对与错，正因为没有非要变成这样的理由，或许只是感觉错误，所以竟出乎意料地表现出了一副无所谓的样子。但是，从第一次见面的餐厅出来时，他便不再怀疑了。而且，恐怕她也已对此坚信不疑。

当柯川的唱片夹杂着像受损唱片发出的噪音般令人不快的无谓争论声，执拗地循环播放了四遍A面的乐曲时，他开始感到一种缓缓而来的窒息感。时间被旋转不停的艳丽黑色圆圈所吞没、停滞，仿佛要将店里的人们也都卷入漩涡中一般。他的脚已不听使唤,酩酊醉意加重了这种感觉,但是难以逃脱的不安却分外鲜明。如今,此处的停滞。在其底部,又有一种让人不得不无限激活同一个圆圈旋转的预感,这预感带着令人透不过气来的眩晕……

他想拥抱裕美子。然而,不难想象,焦躁感和捕捉时机的难度让他感到紧张。这对于她来说,也是一样的吧?显然,她早已厌倦了待在酒吧里的时间。于是,从那里解脱后,二人都不禁奇怪,为什么非要在那里浪费两个小时之久呢?

但他并不单单认为这是他自己不够果断造成的。他的另一个真实的想象无情地宣告着:那就是现如今囚禁着他的圆圈。就在“那部小说”写完之后,他不知在何处偏离了正轨。其中最切实的一个理由就是,四年来他在“那部小说”的世界中生活的时间远比现实世界要多得多,可如今他与这个小说世界的联系却突然被切断了,而且直到现在依旧没有小说已完成的真切感,仿佛一直伫立在漫无边际的空虚中。

然而,事实或许更为严峻。他是不是过于轻视他曾经一直坚信自己能够借此埋葬掉的某种极其正统的表现手法——他曾积极地将它形容为“凡庸的”——和自己思想上固有传统的束缚力量了呢？或许还可以这样说，他原本打算就此终结，并以此为起点开始摸索新的表现手法。但是这种摸索本身，事实上不正是在未终结的基础上才能实现的工作吗？——这是显而易见的事实。如果说现代主义运动中存在力量，如果从作为其末路的现在的表现手法中，明显地窥见了衰败之状，正是出于这个原因。他没能预料到这一形势吗？——不。他没能预料的是某种力量的存在，这股力量竭尽全力阻止着他开始这项工作。他自己现在完全且具体地了解自己应该做什么，也有实行下去的意志，却无法否定对其一无所获报以冷笑的惊怖的虚无感。任何独创——他一直相信从定义本身来看它还是一个有效的概念——向他投来彻头彻尾的蔑视的目光。

如今还存在一个与此有巨大关联，完全出乎意料地侵袭而来的强烈诱惑，即“忠于历史[20]”这一创作态度。客观地把握事实，而且是过去的某个既成事实，并且在严格控制创作意欲的基础上进行叙述，这样的工作充满了令人难以抗拒的魅力，也就是将自己毫无保留地交托给了历史的自然。这是一种无法超越的神秘主义。由此获得对虚无的悖论性的，但强有力的反驳之语言……

漫步在高濑川边，照亮它的霓虹灯像被挤出的各色颜料一样交相辉映。此时，浮现在他脑海中的正是鸥外[21]；是对于他投身史传的轨迹中的浪漫主义创作动机的再思考；是对史传与他初期作品关联性的查证。但是，这些想法只能停留于断片式的思考。他给走在身边的裕美子介绍着木屋町路，让她看岸边“既无樱花也无红叶”[22]的樱花树。他喜欢这种寂寥的情趣，时而漫不经心地望着正凝视着河水的她。

“……你的主要工作，在时尚方面怎么样了？”

“什么？”

大野害怕自己被再次带回到那张唱片旋转的漩涡中，便唐突地搭话道。

“哦，——我是说，你不光要为文化专栏，还要为时尚专栏进行采访吧。”

“啊，当然了。这方面更多一些。”

“是吗？……也是啊。”

大野把喝了一半的罐装乌龙茶送到嘴边，喝了两口，又放回桌子上，搂住了她的肩膀。在只有冷空调的声音以一成不变的韵律持续着的房间里，衣服窸窣摩擦的声音蔓延开来。二人尽量不去破坏这一瞬间，将脸慢慢贴近，一边感受着对方的体温，一边以比刚进入房间时更为谨慎的方式亲吻着，相拥在一起。现在已经没必要仅以这种方式来了解对方了。大野像是要确认一切是否已经开始似的，用舌头试探着对方的反应。他闭着眼睛将右手移到她的胸部，轻轻注入了力量。伴随着一声微弱的呻吟，她的气息从鼻孔中冒了出来。他五指运动着，整个手臂摇动着画出弧线，乳房迎合着他的动作，在胸衣罩杯中变幻出各种形状。他左手悄然移动到背部，解开搭扣，贴着肌肤游弋到前面。他睁开眼睛，移开双唇，亲吻她的脸颊，一直到高领衫覆盖的脖颈，然后挪动身体滑向胸部。右手伸进白色秃袖针织衫下面，用双手连同内衣一起撩起，一边抓着裸露出来的两个乳房，一边将脸颊凑了过去。肌肤的温度与刚才从脸颊上感受到的不同，他感觉到了从更广阔的面积上升起的体温。被隐藏起来的这部分身体的白皙，只有不习惯裸露在外的部位才知晓的敏感，笼罩在里面而被温润了的淡香。……两个人的身体拥抱着倒入沙发。

裕美子左手揽着大野的脊背，右手环抱着他的头，闭着眼睛接纳着他，时而无法忍受，像触碰到什么滚烫的物体似的，迅速扭动身体。他的手伸向她的臀部，卷起裙子，抚摸她的腿，中指指肚沿缝隙上下摩挲。她发出了清澈的叫声。二人的腿交错着，大野跨在她身上，鼓胀的器官就那样紧贴在她的右腿上。大野的脸离开她的胸部，正当他伸展身体想要再次亲吻她的双唇时，局促的沙发让他失去了平衡，膝盖压住了她大腿根部的肌肉。

“好疼！”她叫出声来。

“啊，对不起。”大野赶紧收回了腿，“……没事儿吧？”

“嗯，嗯……”

她一边点头，一边咬着牙大声喘息着，露出一丝苦笑。

“对不起啊。……这里太狭窄了。我们去那边吧？”

他不好意思地抬起身，抱着她一起站了起来。胸部连同内衣被一起卷起，被堆在上面的针织衫的重量挤压得变了形。正当他看着她裸露无遗的胸部时，她一边喊着：“讨厌，太难为情啦……”一边慌忙遮掩起来。

“站起来的话，不太雅观呀。”他笑道。

“嗯，是有点儿。”

躺到床上之前，裕美子费劲地解着鞋带，想要把凉鞋脱下来。趁这个工夫，大野麻利地脱掉了鞋和袜子，爬到枕边，调低了空调的温度，顺势瞥了一眼避孕套。

“再把灯调暗点儿吗？”

爬上床的裕美子，端坐着表示应允。

大野一边旋转着灯的按钮，一边问：“这样行吗？”

“再暗点儿。”

“这样呢？”

“再暗点儿。”

“那就漆黑一片了啊。”

“那我不好意思嘛。”

“那，这样怎么样？”

大野一边说着，一边按了先前的开关，把整个房间变成了粉色。

“哎呀，讨厌啦。”

她吃惊的样子很有趣，他不禁笑出声来。“还有这个样子呢。”说着他又乘兴切换成蓝色给她看，然后满意地恢复了原状，顺便又把灯调亮了些。裕美子娇嗔地抗议道：“真是的！”之后便笑而不语了。

他凑到裕美子身旁，这次贴心地给她脱去了上半身的衣服，自己也解开扣子脱了衬衫，丢到床边。她摘下手表和手镯，伸直胳膊放到枕边。大野轻轻压在她身上，让她仰面躺下。接着二人的舌头又缠绕在一起，紧紧拥抱着，摩挲着肌肤，体会着初次触碰到赤裸的感觉。

大野感到她那被挤压变形的胸部正在自己身体下面释放着白色的热气。

“光着身子可真舒服呀。”他如实传达着自己的感想。裕美子也微笑着：“嗯，真舒服。”他轻啄着她嘴边泛起的那个微笑，久久地相互亲吻着。虽然对方已经在自己的臂弯中，但二人还是焦急而迫切地扭动着身体。大野再次转向她的胸部，轻轻爱抚之后，将手滑向她编织精巧的皮制腰带，想要给她脱下半裙。抽出腰带，手在腰周围摸索着寻找裙子的拉链时，裕美子大方地告诉他：“在这儿呢。”她自己解开搭扣，拉下拉链，微微挺起腰，准备脱掉裙子。大野把这项工作交给她，自己也解开腰带，连内裤带裤子一齐脱掉，然后用脚把那一团踢到床下。因为听到了钥匙从口袋滑落到地毯上的声音，他还提醒自己，过后不要忘了捡起来。裕美子脱下裙子，粗略地叠了叠，一副不知放到何处才好的犹豫不决的样子，看到他随意把衣服一件件丢到地上，便也学着他的样子，连同刚才脱掉的针织衫一齐丢到了地板上。

她的蕾丝内裤搭配玫瑰花纹，叶子部分淡淡的橄榄色映衬着橡皮粉的底色，显得格外沉静。即便是在黑暗中，也能看到下腹部更为白皙的肌肤从精细的网眼中透了出来。大野的手插入以三根相同颜色松紧带连接前后的内裤两端，想把它脱下来。可裕美子却对此做出了敏感的反应，按住他的手以示抵抗。他抬起头，只见她眉间隐约刻上了皱纹，一副犹豫不决的表情。面对她抗拒的态度，他有些不知所措。想起她刚才在浴室里待了很久，莫不是正处于生理期？

看到大野诧异的表情，裕美子不自然地笑了笑，小声说："我自己脱吧……"说着，用与刚才脱裙子时同样的方法，微微挺起腰，把内裤褪到了脚踝处，可是并不完全脱掉，留在左脚上，然后又拉回到膝盖附近，犹豫地松开了手。

大野不明白她这样做的意思，没有说话，只是露出一丝复杂的微笑，但也没有特意就此询问她的必要，他分开她的双腿。

就在他触碰到那里的一瞬间，裕美子轻轻叫了起来，紧接着扭动着腰想要挣脱，最后终于忍不住说：

“不要，还没洗澡呢……”

可这个时候再去浴室太麻烦了，于是大野两手搂着她的大腿，继续他的动作。裕美子一度默许了这一动作，但还是一边喊着一边大幅度扭动身体，抬腿的时候，留在左脚上的内裤啪嗒一下掉在了被子上，她一下子坐起来，满脸困惑地看着内裤。

“怎么了？”

这次大野忍不住问道。与其说是因为被打断，不如说是这种莫名其妙让他多少有些气恼，甚至再次不安起来。凭借着经验他知道，当过于自然地发展到这种关系时，其不自然性往往会在事成之前突然由女方提出来。提出的形式多种多样，有的只是单纯地想要确认有无爱情，有的是因为对方试图毫不怀疑地接受自身对于性那种随意的态度，而采取的某种扭曲的反抗，这种态度的本质是对性抱有某种虚无感和形成这一思想那根深蒂固的厌恶感，而她们的反应就是这种感觉的反射性表现。

裕美子像是害怕自己这一行为被对方理解为拒绝似的，笑着说：“没什么。”然后说：“还是去冲个澡吧。”

大野也有些扫兴，没有了继续下去的心情，就同意了。

“是啊。”

“谁先洗?”

大野看上去接受了她所说的“没什么”。话多了反倒容易引起麻烦。她答应着:“你先去吧。”他留下她向浴室走去。

关上门,独自一人时,他情不自禁地松了口气。生殖器前端上挂着的透明液珠虽然眼看就要滴落下去。在高中保健课上,他知道了考珀液[23]的作用,“它能使尿液导致的酸性化尿道中性化,防止精子通过尿道时死亡”,还记得自己曾对它的这一功能惊叹不已。令他吃惊的是,人类的肉体不仅能理解程序这个东西,还知道对后面即将发生的事态做出预见性的应对方法。如果大学读的是医学的话,毕业前这类惊奇的事肯定比比皆是。然而,如此完善的器官也预测不出会发生这样的事态吧。他自我解嘲地思考着,内心更加失落,苦笑着打开了浴室的灯。

这里的灯光也是粉色。正面摆放着供两个人轻松入浴的、带按摩功能的浴缸,淋浴处在左手边。就在他准备迈出右脚的时候,突然想起了那个朋友说过的话,如果发现浴室里有污垢的话,清洁人员就只把固形物清除出去，剩下的就简单用淋浴冲洗一下，根本不会用清洁剂彻底清洗，千万不要误以为干净，把浴缸里放满水泡澡。他目不转睛地盯着干燥的灰色地板，地板上反射着灯光。他踮起脚尖尽量缩小脚底与地板的接触面积，小心翼翼地朝淋浴走去，然后蹲下身，放出温水，把周边仔仔细细冲了个遍，才开始冲洗身体。

看到有管装洁面乳，就先洗了脸，然后把装在按压式塑料瓶里的沐浴液挤到手心里，从上到下按顺序使劲搓洗，搓得发出了声音。先从头到脚洗了一遍，最后在他单脚站立想要清洗脚趾缝时，一直坚持踮脚站立，终于到了极限，踉踉跄跄地啪叽一声，脚底完全贴到了地面上。他不禁大叫了一声。想到自己慌乱的样子实在可笑，笑得肩膀也随着颤动起来。

反正已经这样了，便干脆放弃顾虑地板是否干净，接下来就像平常那样站着，用喷头冲净了身上的泡沫。然后再次把沐浴液挤到手上，把全身都仔仔细细地彻底清洗了一遍。他一边冲着热水，一边想，经过了此次中断，自己还有没有心情再去拥抱她呢？器官到底能否应对这类意外的事态呢？随后他轻轻叹了口气，想到思量过多也并无益处，便努力让自己不再去想这件事。一切顺其自然。就在他准备结束淋浴，离开浴室时，还是觉得放心不下，于是再次把水量开大，充分冲洗了通向出口的地板，给自己冲出一条路之后，才警惕地踮起脚尖走了出去。

大野擦干身体，裹上浴衣，回到房间，坐在床上、被子盖到胸前的裕美子一副笑得前仰后翻的样子，像是已经恭候多时似的对他说："我，都快被你笑死了！"

说着，她腹部偃旗息鼓的笑意复又燃起，眼里含着泪，全身颤动起来。

"什么事这么可笑？"

大野不明就里，感觉被她的笑声传染了，嘴角露出了微笑。

"你往后看。"

"唉？怎么？……唉?！怎么会？"

大野回头一看，刚才还确信无疑隐藏在磨砂玻璃后的浴室，经灯光一照，变得一览无余。

"啊？莫非你全都看见了？"

"嗯。"裕美子开心地点了点头说，"全——都看见啦。"

大野又回到浴室，从里面朝房间里看。果然如此，虽然光线比较暗，看不太清，但确实能看到床上她的身影。回到房间，他说："我完全没察觉。开了灯居然就变成透明的了？哎？好像一开灯，玻璃上的雾气也连带着被清除掉了呢。真是个神奇的装置。"

"从里面看不见吗？"

"倒也不是看不见。"

"是吗？我还想，为什么使劲跟你挥手，你却注意不到呢？"

"完全没注意到。"

"太好笑了。因为你一直抬起脚后跟走路！起初我还以为是不是脚底下太凉呢，——是因为嫌脏吧？哎呀，你太神经质啦。"

"不是啦，我想起了从前在情人旅馆工作的朋友说过，这种地方的浴室有多么不干净。"

"唉？真的吗？"

"嗯。清洁工作好像也是马马虎虎。"

"是这样啊？"

"哎，眼不见心不烦，最好别知道得太详细。"

"真的？好讨厌，我也要用脚尖走进去……"

"没事的，我都冲干净了。——可是，明明看不见脚下，你怎么知道我一直用脚尖站着呢？"

"当然知道了。因为你一直摇摇晃晃的呀！"

说着，她又笑起来。大野怀疑，她是不是为了拂去刚才难堪的气氛，才故意表现得这么爽朗。即便如此，他的心情还是渐渐愉悦起来。

“那接下来可就角色互换啦。我可要从这儿看你了。”大野说着坐到了床上。

裕美子慌乱地说：“不行，绝对不可以。你面朝那边。”

然后把被子按在胸前，移动到离浴室较近的床的一边，说道：“闭上眼睛。”这才光着身子急急忙忙跑进了浴室。大野的眼睛及时赶上了她躲进去时那最后一瞬间的背影。

不多时，用皮筋扎起头发的裕美子出现在浴室中，她转向果然在盯着她看的大野，再三示意不许他看。可她自己反倒恶作剧似的回过头来，学着他刚才的样子，摇摇晃晃地用脚尖走路，显然是为了做给他看。他觉得她的笑脸很可爱。

大野下半身钻进被子，躺在床上，呆呆地看着站在那里淋浴的她的脊背。

他被她吸引的一个原因，毫无疑问，是她容貌的魅力。鼻梁高挑、棱角分明的小脸儿掩映在发梢轻轻跳动、当下流行的稍长一些的波波头发型下。目光炯炯，眼窝没有丝毫深陷，加上相隔较远的两道弯弯细眉，把额头衬托得线条柔和，让人觉得不知从何处透露出孩子般的稚气。细看的话，稍有些鹰钩鼻，但这鼻子却成为一个重点，散发着叫人不可思议的魅力。唇色较深，嘴本身并不大，但下颏较小，笑起来则嘴角咧开，挤得双颊上扬，嘴角便显得格外鲜明了。她的体形应该属于那种娇小型。整体虽然纤细，但抱起来并没有太瘦的感觉，胸部是微颤的程度，臀部——虽然她本人嫌太大——仅仅是丰盈到感觉不到坐骨存在而已。

令大野倾心的除了她外在的魅力，还有她的聪明与幽默，此外有一点引起他关注的是，她与他同龄。

大野从进入大学，独自在京都开始生活，便会因与跟自己同龄的异性相遇而分外心动。此种感性非常严苛，哪怕年龄只相差一年，也不会产生。他知道这与乡愁有关。高中毕业以前，一直在故乡北九州的学校上学的他，当时对同年级的少女就没有丝毫类似想法。这显然是住在京都——不，是故乡之外的土地上，才出现的趣味和喜悦。

他曾多次思考过这个问题。与女人交往时，对方与自己同龄这一事实，常常会让快乐浸染上某种甘美的情调。他怀疑那是几次没有结果的恋爱的残影。在十几岁这一最为执着的恋情总是情不自禁地与最为强烈的性欲求粗暴地联系起来的时期，那些少女们着实让他烦恼不已。如今，女人和那些少女们别无二致地存在于他的眼前，这一事实让他感到恍惚。不，也许是她曾经在他所不知道的某个遥远的地方，与他度过了同样的时间，这件事本身具有强大的魅力。他并非至今还对散落在他记忆中的那些少女心怀留恋，也并没有格外期望与其中某一个再次相遇。如果真心期盼的话，也是期盼与那个时期的风景、那个时期的心情再次相会。与至今仍被留在那里的自己再次相会……

抱着女人时，他总想拥抱她已经度过的所有时间。当他抱着作为她的——时间的物质表现——肉体时，为了让她的肉体与他自己的肉体——同样是不明始末地流淌着的时间，完全偶然的某个年月的造型——融合在一起，两个人必须像同一棵树上的两个果实一样，以相同的年龄度过相同的时间。

实际上，他两臂抱着她的大腿时非常兴奋，因为她的腿恰如树干一样，因肌肉与骨骼而变得丰盈，让他切实感到了时间积淀出的健康感。他开始写小说以前就一直在思考性爱带来超越这一主题。事实上，其可能性并非在于过度愉悦而引起的超脱，不正是因为触碰到了肉体这一名义下的时间——它那线状的形式被凝聚成一个肌肉的集合体，并在其中自由穿梭的时间——才使其成为可能吗？只有参与其中，与之融合，才能……

冒着热气冲在肩头的洗澡水正沿着浴室中背身而立的裕美子的身体，径直流向她的脚下。那水流忠实地描摹出她的轮廓，不间断地从脊背流向腰身，再从腰身流向股沟，润泽着她的身体。

当这一切渐渐远去，焦点模糊不清的时候，大野发现夹在自己与裕美子之间的粉色磨砂玻璃上映出了他的那种表情，他慌忙收敛起那表情。与此同时，她正回过头来，鼓起双腮，气哼哼地瞪视着依然朝向自己的他。他马上觉察到她的异状，终于听话地翻身面向墙壁。

无法看见的她变成了在脊背上溅开的淋浴水的声音。看不见时，反倒让他更容易感觉到她凝脂般的肌肤。她的年龄有二十七岁了，可身体却显得格外年轻。肌肤虽给人一种成熟的质感，但又不会有脂肪与骨骼、肉体分离的感触，内部具有高密度的整体感，对施加在上面的压力，会从身体中心之处发出抗拒的回应。或许，正是肌肤那生机勃勃的张力，没有让流过她内部的时间成为已死之物，让人感觉至今仍鲜活地持续着。

离开浴室，穿着浴衣走来的裕美子，朝回过头来的他笑了笑。然后摘下皮筋，散开束着的头发，钻进了被子。小声抗议道："我不是告诉你不要看嘛。"然后依偎在平躺着的他的边上，枕着他的肩膀，深深地埋进了他的臂弯中。

"谁让你刚才那样取笑别人。"

大野说完，裕美子又微笑起来，仰视着他的脸。他轻吻了一下她的额头，抬起身，一边用脚蹬去被子，一边给她解开浴衣带子，自己也脱下浴衣，轻抚着她的胸部。

身体散发着微醺的香皂的味道。她的叫声渐渐升高，腰身时而晃动，时而挺起，右手抓着床单，左手抓着他的右手。叫声的间隙夹杂着语言，一声高过一声，最后有气无力地喃喃着，瞬间的沉默后，她的身体大幅度扭动起来。

为了不打断那余韵，大野把手指留在了原处，凑到枕边，亲了亲她的脸。她轻抚着他的头，迎接着他的双唇，像是慰劳他似的热烈地吮吸着他的舌头。两人顺势互换了位置，她的吻落在了仰面朝天的大野的额头、眼睑，还有脸颊、脖颈上。她把舌头伸进他的耳朵，又稍向下移动，然后把嘴唇的温暖散落到他的腹肌上。她用舌尖浸润着他的身体，亲吻着，侧过脸把垂下来的头发别到耳朵后面，以免妨碍自己。

右手像是在确认力道似的上下抚弄着，舌头在口中颇不自由，但却努力地蠕动着。她的脸一度离开，稍稍抬起身，向上看着，一副寻思着“去哪儿了呢”的表情，左手手指在自己的嘴中搜索着。这一连串的动作可笑至极，大野笑得腹部此起彼伏。

大野像刚才位置相反时裕美子所做的那样，右手手指与她放在大腿上的左手手指交叉在一起。她整个上半身起起伏伏。他觉得她更加惹人怜爱。时不时感到的阵痛，越来越说不出口，因为找不到合适的表达方式，只好不好意思地说：“你的……牙齿……”

她抬起头，苦笑道：“谁让你那么大嘛……”

大野只是对她一笑，她接着说：“在浴室里，你自己也痴迷地盯着看吧。”

大野想跟她解释，那时一直盯着看，不过是担心自己还行不行，又觉得特意这样纠正很失礼，便依旧暧昧地笑了笑。

裕美子也许觉得他这样是因为羞涩，打趣地凝视了他一会儿后，伴着咔咔声活动了两三下下巴，确认了关节的状况。

大野委婉地催促她掉转身体。她一度觉得这样很难为情，摇头表示拒绝，可最终还是拿他没办法的样子，摇摇晃晃地旋转了一百八十度。整个臀部立刻起了一层鸡皮疙瘩。器官敏锐地感觉到了她颤抖的声音，经受不住的她想要抽身离开，他稍带强迫地按住她，继续转动。“哎呀，这样我没法集中注意力啦。”说着，她还是还原到原来的姿势。

大野再次从正面注视着她的脸，他从她脸上看到了母性的光辉，发出痛苦呻吟的她，反倒让他感到了一种处女般的羞涩。她对他持续的、积极的接受，反过来又让他预感到了通向母性的纽带。二者不间断的反复转换再次激发起刚才他对她肉体时间整体的思考，并通过切身感受得以理解。

“好舒服……真的……”大野为了取悦她，这样说着。

虽然聊天时没给他留下那样的印象，但他觉得她或许出乎意料地拥有许多男性朋友。她的动作中，不存在长期与异性交往的女人身上常见的某种鲜明的习惯——大抵就是在恋人反复要求的过程中,自然而然地被教会并掌握的某种东西,反倒让人觉得带有强烈的匿名性。而且风格上不拘泥于经验,能够随机应变——就如同做菜、驾车一样,具有良好的感觉,并任由其指引,自由地释放自己。

大野轻抚了一下裕美子的头,稍抬起身,什么话都没说。她马上领会了这一动作的含意,小声询问:“……能为了我戴上避孕套吗?”只在一瞬间,他像是要跟她确认似的,注视着她的脸,随即表现出并不特别在意的样子,回答道:“啊,嗯,好呀。”向床头伸出了手。

裕美子以细不成声的叫声感受着他的侵入。当最深处的部分受到压迫,环绕在她身上的大野的双臂紧紧地抱得她发疼时,她才闭着眼睛向后仰起身,好不容易从喉咙深处发出了一丝叫声。那声音像要小心翼翼地撕开室内的空气似的,扩散开来。他的脸紧贴着她的头,一边穿过凌乱的头发,感受着她头盖骨的质感,一边配合着她的反应调整着节奏和轻重程度。她的双手环绕在他背上,像溺水的人拼死想要抓住什么东西似的,在几次将要滑落的瞬间,又强有力地竖起指尖。大野稍抬起上半身，凝视着她，一边抚摸她的脸，一边亲吻着。这一举动与他们下半身的胶着相对，依然保持着某种中性的特质。这期间两人的门牙曾一度碰在一起，发出响声。二人相视一笑，双唇又再次重叠在了一起。

大野即便是因兴奋而激动不已时，头脑也格外清醒。神情恍惚中出现的这种瞬间的意识的间歇让他觉得不可思议，也让他觉得快乐。那变化就像分水岭的两端，截然不同。突然间，日常的感觉复苏，也能让人会意一笑了，内心产生了满足感，但这样的感觉很快又没入到快乐之中，很是奇妙……

她白皙的胸部上淡淡地印着他上体的影子，完全没有抵抗地、顺从地随着身体的律动晃动着。床垫弹簧的反作用力让动作变得轻松起来。她的双脚肆意地搭在他肩上。口中吐出的气息随着叫声被挤出来，而且越来越紧迫。她连声惊呼，最后大声喊起来，晃乱了头发。大野依然持续着动作。她虽然想制止，但不大工夫，伴随着身体又一次更为剧烈的起伏，她痉挛着急促喘息起来。

大野用双手把她在不知何时移动到床顶部的身体拉回到中间偏下的位置。因摩擦而散发出的难闻的橡胶味儿,穿过他的身体冲鼻而来。他挪动她的腿,让她侧过身来,抱着她的大腿以这一姿势持续着动作,然后让她趴在床上,带着响声不断将腰挺向她浑圆、凸出的臀部。她的肌肉随着他的动作剧烈波动起来。起初裕美子还撑直双臂支撑着身体,大野从背后凑过脸来,她还回过头来迎接他的吻,可终于还是难以忍受,把两臂伸向前方,半张脸都埋进了床里。她那不间断的叫声持续着,但已无法凝结成语言,或者在凝结成语言的途中就已经分解开,一半渗入到床垫中。

揪着床单的手背上,清晰地浮现出五根指骨和盘根错节的血管。大野为她从肩部向臀部倾斜延伸的脊背之柔美所倾倒。两侧的肩胛骨奢华地隆起,柔美的脊椎形成一道深谷,背上的肌肉沉于其中,钝角形腰身像用带子微微束起般纤细,富有弹力的肌肉由此处延伸开来,形成完美的曲线。两人的肉体已分不清彼此,变成一份统一的快感,像液体一样暧昧地蔓延开来的界限令人无从知晓。

激情过后,她精疲力竭地伸直了腿,趴在床上,他也顺势把身体盖了上去,撩开她的头发,亲吻她的脸颊。化妆品的亮点掉下来,星星点点地在他胸前闪着光，她边擦边说："没少出汗呀。"

"嗯，因为缺乏运动吧。"

她或许觉得"缺乏运动"这个词很可笑，竟笑出声来。

"说得也是啊。你的生活方式就是一直闷在房间里吧？"

"嗯，……还有，不是说胖子爱出汗嘛。真是这样。现在是我人生中体重最重的时候，比上大学时胖了十公斤，所以才经常出汗呢。"

"十公斤，太厉害了吧？"

"厉害吧。在肉店看到一公斤肉就有很大一块儿呢。想到身上长了那十倍的肉，就觉得毛骨悚然，而且大部分都是脂肪。"

"你以前很瘦吗？现在看起来也不胖啊。原来是骨骼健壮、肌肉发达型的吧。"

"不是，肚子难看得不得了。剩下就是内脏的脂肪了吧？"

"那最糟糕了。"

"大家都这么说。"

"必须减肥了。"

"是的。"他很没面子地回答，然后又笑着说，"不过，刚才那么一来也许就瘦了呢。"

"你呀……"裕美子说着把脸埋进了他胸前。

"今天有点过头了。因为太开心了……"

听他这么一说，她再次扬起脸，注视着他的眼睛说："嗯，……我也很开心。"

两人倦怠地沉入了令人舒适的疲劳深处。肌肤接触的缝隙间萌发出余韵未消的汗意。

过了一会儿，裕美子说："好口渴呀。"

"是啊。开着空调太干燥了。我去给你拿点喝的来。"

"不好意思啊，……我还不太想起床。"

大野给她换上枕头，轻轻地从她头下抽出胳膊，站起身来，环视四周，随后抓起床下的浴衣披上身，朝冰箱走去。

"想喝点什么？"

他从包里取出钱包，握着硬币转过头来，看见她正伸手去拿掉在床下的被子。

"讨厌，别看嘛。"

说着赶紧把被子拉上来，慌慌张张盖到胸部。

"刚才我可没少看。"大野打趣地笑着说。

"可现在又不一样啦。"

“哦,是吗?……你喝什么?”

“嗯?啊,……有什么碳酸饮料吗?”

“碳酸……”他蹲下身,打开冰箱门,往冰箱里瞧着,脸被冰箱里射出的光照亮了。

“啤酒怎么样?”

“啤酒就……”

“……也是。……可乐呢?”

“啊,可乐不错。”

大野取出了一罐350毫升的可乐,一边开着瓶盖,一边回到床上。把可乐递给她,自己又脱了浴衣,光着身子把被子盖到肚子附近。

“啊——好凉啊,……虽然很好喝,……”她皱着眉头说,“……碳酸劲儿太大了,只能喝一点。”

“是吗?我来尝尝。”他接过可乐罐,鼓动喉头,一口气喝掉了一半左右的可乐,然后同样紧锁眉头,脸朝下说,“嗯,嗯,……真爽,好爽呀……”然后,不发出声音,便巧妙地把从喉咙里涌上来的碳酸嗝儿给赶了出去。

“再来点吗?”

“不要了,够了。”

他把可乐放到电话机后面以免碰倒,然后又躺了下来。她也跟着躺下，但好像感到后背有些异样，起身用手一摸，揪下粘在皮肤上的避孕套的塑料包装，便再次躺进了他的臂弯中。

接下来很久，两个人都沉默不语。大野出神地望着天花板，当发现她正挣扎着睁开困倦的双眼时，便招呼她："啊，没关系，你睡吧。"

裕美子摇了摇头。

"不要，没事的。……你不困吗？"

"不困，这个时间我通常还没睡呢。"

"啊，是吗？对啊——刚才我看你跳下床，敏捷地走到冰箱前，还想说你可真精神呀。"

"对啊，因为对我来说现在相当于普通人的白天嘛。"

"现在有几点了？"

"不好说，一直没看时间，不过应该很晚了。——待到早晨也没关系吧？"

"嗯……你没关系吧？大野先生。"裕美子话一出口就想起晚餐的时候，被反复纠正称呼他"君"就可以的这件事，便马上改口道，"大野君，你呢？"

"当然了，我连想都没想过要现在回去工作。"

"是吗？……可我没带什么像样的化妆用

品，……日上三竿前还是回去吧。”

大野觉得这个理由很可笑，忍俊不禁。然后坦白道：“其实从酒吧出来，约你去酒店时，原本没有打算来这种酒店，而是想说去你住宿的酒店来着。”

他打算拥抱她，确实想要找这么个地方。但是，去她的房间也可以，根据情况去距离这里不远的他家里也没问题。

“可沿着高濑川一直往南走，正准备往右转去河原町路时，却偶然路过了这里，……然后，……哎，……不知为什么就变成这种情况了……”

他一直觉得要求来这里的是她，至少他没有这个打算。可她也表示，最初以为要回她住宿的酒店。看到这个建筑才开始怀疑，他所说的“酒店”指的也许是这里。大野很愿意在现在这种静谧的疲劳中与她一起笑谈这个误会。而且，为了看她知道真相后惊讶的表情，他还刻意观察着她的脸。

“啊，原来是这样啊？……感觉不知不觉就在这里停下了脚步呢……”

紧接着，像是为了不引起对方怀疑似的，又补充道：“好久没来过这种地方了，好紧张啊。”

大野虽然有点疑惑，但也没有理会，回口问道：

“你平时不来吗？”

“不来呀。”

“真的？”

“哎呀，都这把年纪了。”

“不是还很年轻嘛！”

“那……大野君，你现在还经常来吗？”

“不呀，不来。——因为都这把年纪了。”

大野一边说一边笑起来。“你看，就是嘛。”她抬高了声音嗔怪着，轻轻拍打了一下他的胸部。

“不过，我以前就几乎没来过这种地方。”

“真的？”

“嗯。因为我不太喜欢这种地方。而且，总觉得不干净。”

“你一直很介意吧，在浴室里。”

“是啊。最重要的是，我一直都是独自生活，也没有去的必要。”

“是啊。”

“嗯……你以前经常来吗？”

“没有，我也不怎么来。”

“是吗？”

“嗯。只有屈指可数的几次。”

“屈指可数的几次？听着好不舒服呀。好像是跟谁、跟谁来过的感觉。”

大野这么一说，她不好意思地赶忙更正，好像说错话的样子。

“不是这个意思啦……”

“跟你开玩笑哪。”

然后二人又伸出胳膊拥抱在一起。她在他胸部喃喃说道：“现在……那首曲子又响起来了。”

“啊，曲名，你还记得吗？”

大野拱起身瞧着她的脸。

“*In a Sentimental Mood*，对吗？”

“对。还真记住了呢。”

“是柯川和艾灵顿公爵合作的？”

“哦，有进步嘛。”

“是吧？——肯定的。你都教过我那么多次了。下次我买张CD，在家里听听。”

“听起来感觉会不一样的。今天——哦，不，很可能是昨天了——因为吧台里的人太吵闹了。”

“那些人在聊什么？”

“嗯？哦，都是些无聊的话。离开时在收银台听了听，不知何时话题已经朝奇怪的方向继续下去了，那个看上去有点阴郁的大叔一直叫嚷着'七十年代后期迈尔士的沉默是因为男性更年期障碍'之类的话，老板不在的时候真好，真的。"

"是那个喜欢迈尔士·戴维斯的人吗？"

"对。比喜欢更严重，简直就是他的宗教。就像'*He Loves Him Madly*'[24]那种感觉。"

大野戏仿了迈尔士为悼念艾灵顿公爵创作的*He Loved Him Madly*这首曲子的题目，恰好又跟话题里提到的艾灵顿公爵相关，他对此非常得意，沾沾自喜。而裕美子却呆呆地注视着突然讲起了英语而且还模仿迈尔士沙哑嗓音的大野，问道：

"店长是这样说话吗？"

"啊？不是店长，迈尔士的声音就是这样。虽然老板经常模仿，可一点儿都不像。——这可是秘密啊。——但可笑的是，曾经在迈尔士乐队待过的人接受采访时说他跟大家说明的时候，大家一定会模仿着他的声音说话。一定是流行吧……"

以这样的交谈为契机，他兴致勃勃地给她讲了迈尔士和柯川这两位同龄音乐家之间本质上充满深深敬意的复杂关系。又谈到艾灵顿公爵是如何深受柯川他们那一代人的尊敬，然后又回到了刚才那个专辑的话题上。她有时倾听，有时点头附和，有时打断询问，比在酒吧时兴味盎然。这让他更加口若悬河。

大野就这样把她揽在臂弯中，尽情聊着自己热爱的事情，这让他感到非常惬意。她能倾听他诉说，也让他感到高兴。他非常喜欢这种睡前的聊天，他甚至觉得与此时怡然的心境相比，行为本身反倒不那么重要了。想到太过忘情反倒适得其反，就笑着说："嗯，就是这么一种情况。"然后，略带强制性地结束了话题。

裕美子脸上浮现出宁静的笑容，"嗯——"拉着长声不住地点头。

接下来的沉默出奇地漫长。距离方才那番爵士乐话题的阔论越是遥远，大野越是觉得自己健谈的样子很难为情，没有了马上再开口的心情。或许是这个原因最终促使她先开了口。

裕美子缓缓地亲吻了他的胸部。然后用她空洞的目光，一动不动地盯着墙壁，说了一句"关于我呀……"

"嗯……怎么了？"

"……我……"

然后就没有了下文。大野突然想起她脱内裤时表现出的怪异的踌躇，怀疑她是不是要谈及此事，顿觉不知所措。一瞬间，他思考着如何插入其他话题来阻止她的话。可不知为什么，说出口的竟是催促她说下去的话。

“怎么了？”

“我呀，……其实知道大野君是想去我住宿的酒店。”

“……嗯……”

“可是，我知道我们之间肯定会发展成这个样子，……所以，你看，要是去我住的酒店，应该没有避孕套吧？”

“啊，是出于这个原因啊。”

话题转向意料之外的方向，大野松了口气。

“嗯……我一定会要求你戴避孕套的。……可我又不愿意到了酒店再拒绝你，半路上去买又有点儿……”

“哦……是这样啊。然后就？”

“……嗯。”

他的语气好像把裕美子的话理解成了简短且单纯的告白，这让裕美子感到不知如何是好。大野看着陷入沉默的她的表情，感觉她似乎还要继续说下去，便把话咽了回去。

她又担心地问:"是不是很重啊?"依然枕着他的臂弯面朝天躺着,目不转睛地盯着天花板,开口说道。

"……两年前我流过一次产。"

她唐突的话语让大野感到不安,但仍努力不表现出来,问道:"是吗?"

"嗯。"

"哎呀。……我连想都没想过,……你不会已经结婚了吧?"

"没有,还没结婚呢。"她表情生硬,勉强地笑了笑,"……可是,原本是应该跟那个人——孩子的父亲——结婚的。"

"啊,……是这样啊……"他点头应和着。

"嗯,……可是,那也是因为跟他之间有了孩子,觉得没办法,……我跟那个人从大学四年级时开始交往,虽然当时很喜欢他,但并没想过要跟他结婚的事,因此……"

"是啊,两年前的话,你应该二十五岁吧? 结婚还为时尚早吧。"

"而且怎么也无法体会到结婚这件事本身所带来的现实感……"

“对方想结婚吗?”

“嗯,经常跟我提起。……虽然我自己很苦恼,但看到周围的朋友都陆续结了婚,工作又到了非常艰难的时期,想着就这样吧,……就接受了他的求婚。”

“哦……”

“虽然做了这样的决定,但还是感到迷茫,……自己也不情愿结婚,最后居然想,要是没有腹中的孩子,马上就放弃结婚,……跟他商量结婚的日子时也感到非常痛苦,……而且,妊娠反应非常剧烈,总是焦躁不安,……”

“哦……”

大野点头应和着,暗自窥探她的表情,也不知该说什么好,只好把手放在她额头上,轻轻抚慰着。裕美子对他的这一举动没有做出任何反应。

“后来到了谈彩礼的阶段,决定在这之前先去拜访他父母,……可就在那前两天,我流产了。……早上起来,小腹就硬邦邦的,然后就出血了……”

“……这样啊……”

“这使我颇受打击。——说是打击,……其实我也不知道该说什么好。……当然,我马上去了医院,可为时已晚。……那时我真的非常讨厌自己。虽然没有了孩子让我很伤心，但要是自己珍惜这个孩子的话，事情的结果会有所不同吧。孩子虽然不是自己杀死的，但内心或许期待这样的结果，想让他消失吧。……即便没到这个程度，……不，绝不是那样，可出现这样的结果也算是恰逢时机。对此，我总觉得于心不安，非常愧疚……”

“那也是没有办法的事情啊。”

“嗯。……自己虽然明白，但……所以，我害怕不避孕就与人发生关系，……对不起啊。”

“这有什么可道歉的？理所当然的事嘛，也不会染上病。”

“嗯。可男人不喜欢这样吧？”

“因人而异吧。女人中也有嫌戴避孕套疼痛而讨厌的人吧。”

“啊，确实如此。我要是多次这样的话，也会感到火辣辣的疼呢。”

“就是嘛，橡胶这种材料大多是用来防滑的。鞋底、某些工具的手柄之类的。使用摩擦阻力如此强劲的东西，原本就很荒唐。”

“是啊。”

“好像从前用的是动物肠衣之类的东西。”

裕美子脸上露出了淡淡的笑容。

大野想用这类无聊的话题尽量冲淡她告白后的孤独。而不是一起落到那绝望的底部去,他是想在话说出来之前,就将其一端系在那些荒唐无比的话语上,将她从深渊中拉起来。至少,那些说出来的话只是她瞬间浮出水面的记忆的开端。这样做并不是完全为她着想,也是为倾听此番话语的他自己考虑的结果。

“跟他怎么样了?”大野接着问道。

“跟他,最终还是分手了。因为没了想再和那个人生孩子的心思。虽然有点任性。……打那以后很长一段时间我都惧怕与人发生关系,一直逃避着,过了一年左右才又有了喜欢的人,那时反倒格外自然地接受了他。”

“是吗? ……这不是很好吗?”

“嗯,……可是……”

“可是什么?”

“……可是我自己都觉得奇怪。……那时,发生关系之后,一旦触碰到自己脱掉的内裤,就感觉非常不舒服。胳膊突然就会起鸡皮疙瘩,会忍不住想吐。”

大野注视着她。

“虽然觉得很怪异。……就像是摸着动物尸体的感觉……”

“尸体?”

“嗯。……我小时候养过一只约克夏犬[25],亲眼目睹过那只狗衰老而死的情形,……我一直抚摸着它,直到它死去。它心脏跳动的声音越来越小,突然停止,之后眼瞧着,它的身体失去了温度,凉了下来,……我的体温从脱掉的内裤上慢慢消失的感觉,让我想起了那时的情景,……如果勉为其难穿上的话,下半身会非常不舒服,就好像裹上了狗的尸体一般。……所以,这种时候,我总是把内裤留在一只脚上。因为脱掉变凉的话,就没法儿穿了……”

“哦。……原来是这样啊……”

大野边点头,边附和着,终于理解了刚才她拒绝的含意。可仍有一种不祥的感觉。从此番话的先后顺序可以推测出,她似乎把这一举动与孩子流产的事联系了起来。这一记忆又引出了儿时更为遥远的关于死的记忆,最终与脱下来的内衣的凉意结合在一起,似乎就是这么回事。重要的恐怕是失去温度这一环节。而且,她内心总是把残留的凉意与死直接联系在一起。……

“哦,……”他像是要拂去沉默似的,“……那上半身的内衣呢?”

“你是说胸罩吗?”

“嗯。”

“胸罩没问题,其他衣服也是。裤子、裙子都没问题。只有内裤,无论如何都接受不了……长筒袜如果是用吊袜带系好的那种也没问题,要是盖住腰部的那种,还是不行……”

“是吗? 感觉上我能理解,可我还真没这样想过。……比如说袜子,前一天穿过的,到第二天就怎么都不想穿了吧? 跟这种感觉还是不同吗?”

“嗯,……有点不同吧。……或许是那样吧,可在那件事之前——孩子流产之前,从来没有过那种感觉。袜子倒是一直以来都不会连续穿两天……”

她虽然不赞同他的话,但另一方面,她又表现出愿意这么认为的样子。

“是吗? ……那你仍然觉得流产是这种感觉的原因吗?”

“或许不是吧。哦,对了,大野君很精通心理学、精神分析学吧?”

“没有,也谈不上精通啦。”

“这样啊。……本想让你诊断一下我的症状呢。”

她暧昧地笑了笑，翻了个身，用胳膊肘支撑着上半身，窥探着他的表情。

大野侧过身，面对着她，把胳膊肘抵在被压扁的枕头上，支撑起头部。

“嗯，……可你自己已经分析得相当透彻了，似乎也能够克服了……”

“我也是这么认为的，……可一旦要面对的话，还是……”

“你还有什么其他精神创伤吗？”

“能想到的也就是这个了。……家庭也一直非常和睦……”

“哦。……你是不是把脱下的内衣直接当成死去的孩子了？”

“……不知道。可是刚四个月，感觉还很小，而内衣给我的印象好像是体形更大且有体温的哺乳动物的感觉。……这样想来，就想起了莉莉——哦，就是我从前养的那只狗。”

“所以，……越是想象，越是增添不快感吧。……好复杂啊。”

大野觉得自己把整件事梳理得过于清晰了，他怀疑她想要的并不是解决问题的方法，不过是无条件的接受罢了。她想从对方那里寻求共鸣，并以此来确认爱情的深度，不，应该是爱情的有无。难道不是这样吗？帮她详细拆解此事，并圆满解决，若解决方法与她的期待产生了距离，反倒会让她失望吧？但是，他不能深究他的这一疑虑。那或许就是真相，他无法否定这样的想法，但却不愿意正视这样的现实。而且，这样的心境终究起因于今天拥抱了她这一事实，这一点是毋庸置疑的。

大野温柔地看着她，微笑着说："你就想这没什么大不了的，然后硬着头皮穿上，慢慢就习惯了吧。举一个愚蠢的例子，让你见笑了，刚才在浴室也是一样，想着地板太脏，就迈不出步，一旦脚着了地，就意想不到地不那么介意了……"

"是呀……"她用似乎不得不接受他鼓励般的语气说道，"……那今天就穿着回去吧。"

"嗯。……平常你怎么做呢？像今天这样脱掉时？"

"不穿了，就这样带回去。"

"唉？"大野不禁抬高了声音，"那也就是说……"

"对，不穿内裤。"

裕美子说着自己都笑了起来。那表情,虽然只有一瞬间,却是那般无忧无虑。

“不穿内裤啊……”

“嗨,不要用那么深沉的语气来说嘛。”

“没有。……只是忍不住浮想联翩。”

“没正经——”她用身体撞了一下大野。

“那,拿回去的话,……怎么处理呢? 扔掉吗?”

“不是呀,洗过就没事了。”

“哦,洗过就又可以穿了啊?”

“是的。”

“要是都扔掉的话,有多少钱都不够吧。女性内衣好像价格不菲呢。”

“是呀。这个倒不用担心了。”

“哦,水的象征意义大体上关乎‘死与再生’,因此洗内裤这一行为不仅意味着使之洁净,还蕴含了一种仪式上的含意。”

“哦——是这样啊? ……”

大野为了防止不经意间流露出的这番解释,再次将话题强行拉回到“死”的问题上,便故意以轻松的口吻嘀咕道:“可是……不穿内裤啊。”

“讨厌啦,突然又说这个。”

“没有其他意思啦。……你不觉得难为情吗?”

“当然啦,所以这种时候我通常会穿长裙。短裙的话,肯定难为情啦。”

“就是嘛。今天穿的也是比较长的喇叭裙呢。”

“是啊,……这么一说倒感觉好像我就是为了这一目的而来的,真让人不好意思。”

说着,她露出一丝羞涩的表情,又马上爽朗地补充道:“所以,我就穿着自己喜欢的内衣来了。”

“是啊,设计很独特。淡雅的色调实在是精妙。”

“是的。你仔细看了吗?”

“看了啊。非常仔细地。”

两人说着,相视一笑。

“一会儿再穿上给我瞧瞧。”大野故意用随便的语气说道。

“啊? ……”她虽然面带难色,但还是点头同意了,“……嗯,好的。”

“其实这也是我的内裤中最好的一件了。你看到了吗?”大野半开玩笑地说。

“真是对不起,还没看呢。”

“真是的!”

“因为我回过神来的时候你已经脱掉了嘛!”

“啊,是吗。”大野笑着说,“……那一会儿穿上给你看看。”

“好。……给我看看……”

在随之到来的静寂中,二人又拥抱在一起,双唇重合。再次交融后,在令人愉快的疲劳中沉入了数小时的短暂睡眠。

大野被裕美子穿着浴衣从浴室中走出的声音吵醒了。他起身从后面抱住坐在床上的她,轻吻着。

“这就回酒店吧。”

“现在几点?……”他看了看放在床上的她的手表,“不是才四点吗!”

“嗯,可是从现在开始做准备,等准备好了,天也就亮了……”

“是吗?……那就这样吧。”

“嗯。对不起,在你睡得正香的时候。”

“没事的,不要紧。”

大野回答着,想起了昨晚——一觉过后确实感觉那已是过去的夜晚了——的约定,说道:“穿上内衣给我瞧瞧。”

“啊?——真的要穿给你看啊?”

“对呀。要不我先穿给你看?”

说着，他光着身子跳下床，从被踢到床下的裤子中找出内裤，穿上给她看。这是他所有内裤中最别致的一条，平角型，虽是纯棉质地，黑色底儿却带着光泽，上面印着几朵富士蓟[26]，花为紫红色，搭配黄色、深蓝色和灰色等颜色复杂地交织在一起的叶和茎。

“看。”他双手叉腰站着，又觉得这样站着有些难堪，于是收腹含胸，弯曲着手臂，摆出健美运动员的姿势。

就在他跳下床，真的穿上内裤时，裕美子正吃惊地望着他。此时，看到他兴高采烈、扬扬得意的样子，又不由得露出了笑容。然后就一直微笑着注视着他，而他则傻傻地一边苦笑一边站在那里一动不动。

“你的内裤真帅气呀。”

“真的？很性感吧？”

“嗯，很性感。”

大野听到她鹦鹉学舌式的回答，苦笑道：“谢谢。”

裕美子站起来，转到与浴室反方向的床的一侧，眼睛在下面搜寻着，同样从一堆衣服中掏出胸罩，然后脱下浴衣，穿上胸罩，开始找内裤。

大野在自己脚边发现了内裤，虽然觉得有点不太合适，还是拿起来，走到她面前，一边说着“在这里呢”，一边递给了她。

裕美子身上只穿了一件胸罩，站在原地紧盯着内裤。随后暧昧地笑着摇了摇头，支支吾吾地说：“还是……”

“害怕吗？”

“……嗯。……”

“我来用手给你焐热吧？”

面对他的玩笑，裕美子只是浅浅地一笑，摇了摇头。

大野非常理解地点了点头，在昏暗的灯光下再次观察起她来。

“就这样也很性感呢。”他说道。然后收敛起笑容，他不知该如何处理手中的内裤，便问道：“这个，怎么办？”

“是呀，怎么办呢？……”

“平时怎么带回去呢？”

“嗯——有时会装进袋子里。可今天什么都没带来……”

“是呀。”他环视房间，目光突然停留在桌子上的矿泉水瓶上，“啊，对啊！”说着，他拿起矿泉水瓶，在她面前一口气喝光残余，说道：“装到这里面带回去，怎么样?”

裕美子对瞬间把矿泉水喝得一干二净的他感到惊讶,这个异想天开的提议让她哭笑不得:“装进这里面?”看着一手拿着矿泉水瓶,一手拿着内裤,高兴得两眼熠熠生辉的他,她再次问道:“真的要装进这里面吗?”

大野擅自把她的疑问理解为赞同,一边摇晃着瓶子去除残余的水分,一边说道:“嗯,对。虽然有点不方便,但拿到酒店还是没问题的。”

说着,他便在她面前慎重地用手指把内裤塞了进去,以防损伤了内裤的蕾丝,弄反了里外面。

“你瞧,正合适!”

他觉得放进通透的塑料容器中的内裤,像干花一样美丽。

“都能当房间的装饰品了。”

“讨厌啦。”

她边说边接过塑料瓶,出神地看着,微笑道:“不过,还真挺好看的。”

“是吧? 这样既方便带回酒店,还很卫生。”

“嗯。……不过还是有点怪异。”

她把塑料瓶放到床上,又站在远处看了看,然后说道:“那我先去冲个澡。”便披上浴衣,进入浴室中。

虽说这是大野的突发奇想,但他对这个装着内裤的矿泉水瓶艺术品甚是满意,独自心满意足地端详着。突然,他特别想把自己的内裤也装进去看看,便背对着浴室脱下内裤,光着身子把内裤沿松紧带小心翼翼地卷成了条状,从一端开始往瓶中塞了起来。

虽然布料多而且厚,完全无法像刚才那样简单完成,但他还是边旋转边往里塞,总算让内裤穿过了瓶口。中途还要边往里塞,边查看内裤的样子,因为卷得太整齐的话,内裤进入瓶中就不会变得蓬松,于是他稍稍打乱形状往里塞着。这让这一工作变得更加困难。这份相当费力的体力活儿甚至让他的额头渗出了汗水。他想着,要是日本的矿泉水瓶的小瓶口肯定办不到吧。光手指的力量还不够,其间他还用上了房间里配备的圆珠笔的末端,才勉强塞进去。已经进到里面的部分,钩住了她的内裤,在狭窄的空间中缠绕在一起。让人期待完成的样子。

费了好大劲儿终于塞了进去,他盖上盖子,撕掉标签,把它放回床上,目不转睛地盯着灯光照射着瓶子的样子。然后一边穿浴衣,一边呆呆地回想着从昨晚到今天发生的一切。

这时,裕美子穿着浴衣刚好回到房间。他把她叫到近前,像是要展示充满巧思的恶作剧似的,表现出无以言表的兴奋,指了指矿泉水瓶,说:“你看!”

“唉?是什么啊?……”她边说边凑到近前。两条内裤相互缠绕着,把矿泉水瓶塞得不留一丝缝隙,她拿起瓶子,回头对大野说道:“啊?怎么会?……大野君的内裤也装进去了?”

“是的。”

“为什么?”

“为什么?……哎,不为什么,你看,很漂亮吧?虽然我的内裤有些占地方。但以黑色为底色,另一种颜色被衬托得更美了吧。”

“嗯,……可这还能取出来吗?”

“嗯?……取不出来了。”

大野不假思索地答道。原本只想塞进去看看就取出来。但是,一旦放入瓶中,他又觉得取出来太可惜了。

“怎么办呢?”

“嗯——送给你做礼物吧。当然,之后扔掉也没关系。”

“由我带回去吗?”

“你不愿意?”

“倒也不是不愿意……”她无言以对,一副不知该如何作答的样子,“可是,已经取不出来了,也没办法吧。……这儿有剪刀吗?”

“没有。即便是有,用剪刀剪开的话,就没有能装裕美子内裤的容器了。”

“这个,再想其他办法吧……”

她不明白他执意这样做的原因,凝视了一会儿手中的瓶子后,像是自言自语般说道:“还真是挺漂亮的呀。”

“嗯,花了好大力气呢。”

“是吗?既然费了这么大力气,就拿回去吧。越看越觉得像手工制作的礼物了,简直让人无法拒绝。”

“啊,就是很像礼物呢。”

“嗯,……那我洗干净之后寄给你。”

“哦,不必了,还是扔掉吧。”

“这可是你最好的一件啊?”

“啊,对啊。”他想起了自己说过的话,笑着说道,“那等你心情好时就一起洗了吧。下次见面时还给我。”

“嗯。……我要用这个当‘人质’,威胁你再跟我见面。”

“即使没有人质,也会跟你见面的。”

“……真的吗?”

他为了让她放心,微笑着说道:“嗯。……当然了。”

“我也去冲个澡。”说着他离开了房间。

大野回来后,见她已经穿好衣服,坐在了椅子上。手里还握着那个矿泉水瓶。

“其实你还挺喜欢的吧,那个?”

“嗯,有点儿。”

她笑了笑,轻轻晃动着瓶子给他看。大野就在她的注视下,以“不穿内裤”的状态穿上了裤子。

“感觉有点奇怪呀……”

面对顾虑重重的他,裕美子说道:“大野君,你这人还真有点怪呢。”

“是吗?”

“嗯,……有点怪……”

“……怎么了?”

“倒也没什么……”

随后,裕美子走进浴室梳理了头发,简单补了妆,穿上开衫,回到房间。

“啊，我的皮肤已经不成样子了。天大亮可就没法回去了。”

大野不忘拾起掉在床下的钥匙，回过头来对她说。

“是吗？看不太出来呀。”

“因为这里太暗了。刚才照了一下洗脸台的镜子，吓了我一跳……”

最后，二人又拥抱在一起，亲吻了许久。之后在门口的自动结算机上付了一晚的住宿费，来到了夜色微明的木屋町路。

四下传来麻雀清脆的叫声。与之相对，在垃圾箱里翻找食物且旁若无人般地飞来飞去的乌鸦，样子有些可怕，响亮且干涩的叫声透过早晨清冽的空气传向四周。

招揽客人的人早就不见了踪影，倒是偶尔能看到结束了工作的女招待或醉汉在街上行走，酒馆和拉面店里依然亮着灯。

两人沿高濑川走了一会儿，从四五个酒醉后一起拍照的大学生身旁经过时，裕美子“啊”地叫了一声，边向包里看着，边停下了脚步。

“对了，忘记了。上次采访时的照片，我给你带来了。”

她一边感叹着“啊,想起来了,太好了”,一边朝离她最近的桥边走过去,从包里取出装着两人内裤的矿泉水瓶,放到焦糖色的栏杆上,开始在包里翻找起来。

大野用余光看着高濑川的水流,默默等待着。河面一直延伸到长着嫩叶的樱花树下,原本应该彻夜通明的三原色霓虹灯光影,如今已被水流冲刷得无影无踪。

也许是前天下了雨的缘故,感觉水量比往常要充沛。可河水却静静流淌着,好像把夜晚的繁杂都带到了下游似的,发出清脆的声音。

就在那一刹那,大野被某种难以抑制的冲动驱使着,甚至来不及思考其意义,便趁她不注意,付诸了行动。他把手搭在狭窄的栏杆上,手背轻轻一拂,慢慢倾斜的矿泉水瓶没发出任何声音就从桥上坠落了下去,只在入水的瞬间,发出了像是水面被撕裂开似的巨大响声。

“唉?”正探头在包里搜寻的裕美子抬起头,注意到了栏杆上发生的突变。轻轻地“啊”地叫了一声,向顺流而下的矿泉水瓶望去。

“唉，怎么了？哎，怎么办呀？”

她惊慌失措，回头看向大野。他正定睛看着那瓶子的行踪，脸上看不出任何表情，只是显出冷漠的苍白，看到这一切，她突然变了脸色。

“莫非你是……故意的？”

面对她的询问，大野转过身来摇了摇头，说道：“……怎么会。我想看看手表，一抬手恰好碰到了……”

她就那样盯着他的眼睛，脸上露出略带哀伤的表情，仿佛要看清楚他的本心似的。“真的。……”他不自然地微笑着，“……对不起啊。……我会赔偿的。”

她什么也没说，从他身上移开视线，再一次向河面望去。水流透明的起伏呈现出玻璃断面的深蓝色，在缓缓晃动着的河面上，矿泉水瓶已不见了踪影。

“还有没有可能在某个地方捡回来呢？”

“不可能了吧。……我觉得比较困难。”

“这条河，会流向哪里呢？”

“是啊，据说出了大阪，就汇入淀川了。不过，河流最终都是流入大海的吧。”

“那倒是，……”

“……你生气了？”

她再次转过头，盯着他的表情。而后又无言地视线移回到高濑川，像是陷入沉思般地说："没有。……"然后就那样一直凝视着河水。

过了一会儿，她静静地闭上了眼睛，只有短短的几秒钟，然后从包里拿出了一个信封，递给他："这是给你的照片。"就在他伸出手想要接过信封时，她突然丢下背包抱住了他，把脸埋入他的胸膛，双眼紧闭，微微颤动着扬起了头，久久地、激烈地吻着他。大野虽然接受了她的这一举动，双臂用力搂着她，但却不能完全理解她的心情。

也许是不忍就这样离别，二人一直走到四条路，过了红绿灯，才把她送上出租车。大野简短地说了声"再见"。她也只回了一句"嗯，再见"。他伫立在原地，直到那辆车从十字路口左转后消失，才通过红绿灯，向着来时的路走去。后续的出租车算准了他肯定也要搭车，司机一直开着车门等候着，见他离开便"嘭"的一声关上了车门，透过前挡风玻璃失落地观察着他在空无一人的街道上小心翼翼闯红灯时的样子。

眼看着天亮了起来，太阳的气息逐渐浸染了他的全身，直抵他的内心。

他独自一人脚步沉重地沿高濑川边走着。裤子下面的异样感让他停下了脚步，正当他准备调整下体的位置时，视线停留在了眼前的河面上，前来觅食的一只白鹭正歪着头，不可思议地注视着被垃圾挡住而无休止旋转着的矿泉水瓶。

【注释】

① "Air Shooter"付款机，一种用气动管传输现金的付款机。气动管从19世纪开始被应用于短距离（如在一栋建筑内）传送小型包裹或现金。由于气动管管网建设复杂且费力，20世纪初期，气动管传输方式被淘汰。

② 维利耶·德·利尔-阿达姆（Auguste Villiers de l'Isle - Adam，1838—1889），法国象征主义作家、诗人。

③ 美国知名爵士乐歌名，发表于1935年。该歌曲由爵士乐手约翰·柯川和艾灵顿公爵共同创作而成。

④ 约翰·柯川（John Coltrane，1926—1967），美国爵士萨克斯风表演者和作曲家，开创性地运用调式并成为自由爵士乐的先锋。

⑤ 爱德华·肯尼迪·艾灵顿（Duke Ellington，1897—1974），美国著名作曲家、钢琴家，代表作有《芳心之歌》《巴黎狂恋》等。

⑥ 迈尔士·戴维斯（Miles Davis，1926—1991），美国爵士乐演奏家、作曲家、小号手、指挥家，20世纪最有影响力的音乐人之一。

⑦ 美国爵士乐手约翰·柯川的爵士乐专辑名，发行于1966

年。该专辑被音乐界认为是其音乐风格的转折点。

⑧ 美国爵士乐手约翰·柯川的爵士乐专辑名,发行于1966年。此专辑展现柯川晚年的自由爵士乐风格。

⑨ 美国著名爵士乐唱片公司名,成立于1961年。

⑩ 大卫·里布曼(David Liebman,1946—),美国爵士萨克斯风表演者,演奏时习惯身体后仰、抬头挺胸,且表情夸张。

⑪ 艾瑞克·亚历山大(Eric Alexander,1968—),美国爵士萨克斯风表演者,被誉为萨克斯风抒情天王。

⑫ 麦考伊·泰纳(McCoy Tyner,1938—),美国爵士钢琴家,曾被誉为30年来最具影响力的爵士钢琴家。

⑬ 麦克·布雷克(Michael Brecker,1949—2007),美国爵士萨克斯表演者和作曲家,被视为柯川之后当代最重要的爵士乐手之一。

⑭ 麦考伊·泰纳与麦克·布雷克共同创作的爵士乐专辑名,发行于1995年。

⑮ 埃尔文·琼斯(Elvin Jones,1927—2004),美国爵士鼓手。

⑯ 麦克·布雷克与其胞兄兰迪·布雷克(Randy Brecker)组成的融合爵士乐队。

⑰ 1962年约翰·柯川和艾灵顿公爵共同录制的爵士乐专辑名,1963年发行。

⑱ 美国音乐杂志*Down Beat*评论家伊拉·吉特勒在1958年提出的音乐术语,描述了爵士乐手约翰·柯川新的即兴音乐风格。

⑲ 热拉尔·德·奈瓦尔(Gérard de Nerval,1808—1855),法国

浪漫主义诗人、散文家。

⑳ 原文为“歴史其儘”，源自日本作家森鸥外创作历史小说的方法“歴史其儘、歴史離れ”，既要忠于历史，又要疏于历史。

㉑ 森鸥外（1862—1922），日本军医、文学家。主要作品有《舞姬》《青年》《雁》，以日本明治天皇去世，乃木希典将军殉死事件为契机，开始创作历史小说，此类作品有《高濑舟》《山椒大夫》《阿部一族》等。其中《高濑舟》一篇以一个犯人在囚船上讲述自己经历为主线，讨论当时日本新旧思想冲突的现状。作者在创作《高濑川》时受到了森鸥外小说《高濑舟》的启发。

㉒ 原文为“花も紅葉もない”，出自藤原定家的和歌，原句为“見渡せば花も紅葉もなかりけり浦の苫屋の秋の夕暮れ”，是“三夕之歌（描写傍晚的和歌）”中的一首，另外两首为僧人西行、寂莲所作。

㉓ 考珀液（Cowper's fluid），尿道球腺液。

㉔ 迈尔士为悼念艾灵顿公爵而演奏的一曲爵士乐曲，收录于同年发行的唱片 *Get Up with It* 中，全长32分钟，表达了对艾灵顿公爵的敬意。

㉕ 约克夏犬，一种小型犬。因产于英国约克夏地区而得名，常被人当作宠物犬饲养。

㉖ 富士蓟，菊科草本花，日本的大蓟中开花最大朵的种类，因生长于富士山周围而得名。

たかせがわ

追　忆

太阳

的

行踪　　已无从知晓

似　　是

晴天

孤独的　　　　痛苦的

沉默

皲裂开来

映照在

世界最初的　　　　　　裂口上

たかせがわ

我

所　　听到的

不间断的

两个声音

是

白昼

竖立起

的

神话那

令人怀念

的

轮廓

たかせがわ

水边那

清澈的

岩肌[1]

将　　　　　　　　我

印在

那个

不在　　　　　之岸

たかせがわ

肌肉的

缝隙间

溅起飞沫　　　　　　　　　　垂直

横倒下的　　　　　　　　　　　　　倦怠

两个声音　　　在　　　　　栏杆对面

相互　　触碰

白昼的　　　　　　　　　　虚空

像眩晕一样

虚幻

因污秽的

浸透

被翻转过来的　　　　复苏

裸体的

结点　　　　　　　　潜过其轮廓的

裂口　　　　　　　　　的深渊

たかせがわ

清澈

的

银色

令人炫目的

产汤②　　　　表面上

　　　　　　　　　得到祝福的

那个

　　　　裸体

我的　　　　　　　　轮廓

的最初的

欢喜的窗边　　　　　　　　那歌声

たかせがわ

十一月底

默默

埋入

的

刑架

准备

好了

无言

是　　尚　　不知晓的

被发现的　　不在的

深深叹息

たかせがわ

凝固于

心脏中的　　　　沉默

白色的　　　　　　手

在

西方的山脊线

的　　　　　　　　对面

永无休止地　　　　颤抖着

将　最后的痛苦

剖开

为了

让复苏

的

结点　　穿过

世界的

针孔

たかせがわ

留言　　　　　　　　　那　细小的

　　尖端　　　　　　　阴郁的

在十一月

里

迅速　　刻上

时间　　　　的断面

たかせがわ

数错

了

心脏的

跳动

在消失的白昼 的内侧

永无休止地 颤抖

的少年

流　　　　向　　　　我自身的

太阳　　　　　　的

不存在

たかせがわ

留言

被

留在

深深埋入

水边

岩肌

里的

栏杆对面

在我所

不在的　　　那个

深　　　渊里

たかせがわ

潦草　　　写着

太阳留言的纸片

迷失在了　肌肉丛林　　的　　　　深处

我　　　　　　　　　　　的缝隙间

准备好了

一个

壮丽的

钟楼

暗藏 着

那沉默

那无言

たかせがわ

我的心脏

宛如

被数错的晚钟的

声音

记下

西方

极欲迸裂的

天空中　　痛苦的

回声

汇成的　　乐章

たかせがわ

被截断的血流　　的深处

凝固着

的

倦怠

消失了

我

的

鲜血

被翻转过来的

厚重的

世界之

岸

たかせがわ

刺入　　　　　　我的

固定留言　　　　　　　的　　银　　针

　　　　　的　　　　　　阴郁

因数错的晚钟那

　　　　不间断的

　　　　　　　　　　余音

　　　　　而颤抖

映射在

痛苦

浸透的

叶脉

たかせがわ

我　　　　　　　　　　把

手伸向了

留在银色的

冰冷的

金属质

刑架上的

那份孤独的

沉默

たかせがわ

潦草写着留言的

那　　　　　　　　　　　　　　　鲜血的

　　　　深处

我　　　　　　　　　　　　的

　　　　　　　　　　　　　　　手

　　　　　　　　　　　滑向

　　　　　　　　　　西方山脊线

　　　　　　　　　　　　迸裂开来

　　　的　　　令人炫目的　　　虚空的

语言的

虚幻

古老神话的

互补色的

断面上

发现的　不存在的

裂口的

たかせがわ

如若太阳

只是

一 片

纸片

在手心中

溅起飞沫

溢了出

来

语言那

令人作呕的

冲我自身　　　而来　　　　　　　的　　　浸透

绿色的

在我尚　　　不知晓的

世界的　　　针孔

发现的　　　　　窗边

发出深深的叹息

たかせがわ

我的

潦草写着

沉默

另一

个

语言

最后的

神话的

太阳

润泽着　不存在之岸

记下　　裂口的　　　　　　　　　　　深渊

たかせがわ

我　　　　　在

静寂的深处

找寻　　　十一月的　　　水边

消失了的

我　　　　那

为了

将手伸向

产汤的

祝福

たかせがわ

触碰

到

我

的

是

啊

令人怀念的

最初的

歌声

たかせがわ

白色　乳汁

的

静静　　　　　　　溢

出

润泽　　　我的　那个

鲜活的

结点

たかせがわ

我的心脏里

刻着

阴郁的

沉默的

晴天

欲把栏杆

边缘

的

眩晕

变为

鲜活的复苏

那就是　我

穿过世界最初针孔的　　　　　晶莹剔透的水滴

欢喜　　　　　　　潜过　不存在之岸

映射出　　　　　　　叹息的深渊

たかせがわ

两种水

是

接受了

白昼的
语言

祝福
的

啊
在被净化了的

世界的

欢喜之　岸　上
记下崭新的乐章

たかせがわ

太阳刺入　我心脏的
是固定潦草写着留言的纸片上的银针
针尖　迷失在被肌肉丛林截断了的鲜血　阴郁的静谧中
找寻着十一月底凝固了的　水边冰冷的沉默

在数错了的晚钟声的间隙中
我　听到了两个不明行踪的　水的声音
一个　在像白色乳汁一样　清澈的手心里
溅起飞沫　不间断的　垂直的
另一个　像默默滑过岩肌一般溢出
恰似在横倒的晴空上　迅速刻下西方山脊线的　倦怠

两个声音　在深深埋入地下的栏杆对面
触碰到对方的边缘　那极欲迸裂的余音
在消失的白昼　炫目的　金属质虚空的内侧
永无休止地　眩晕地颤抖着

我　竖起一副语言的壮丽刑架
给被独自留在钟楼上的少年孤独的天空　备好了最后的痛苦的虚幻

在古老神话中流传的产汤　那令人作呕的污秽表面
用我自身剖开那沉默　把注入了鲜血祝福的渗透
变为被与其互补的绿色　翻转过来的　鲜活的复苏

啊　那时　太阳　那被净化了的　令人怀念的裸体
正隐身于皲裂开来的厚重的无言的断面
它还是　一个晶莹剔透的水滴
我分辨不出结点的轮廓
穿过世界最初的针孔
叶脉映射在　潜过的裂口发出的叹息的深渊
为了记下　它们谱写的崭新乐章
我　在发现的喜悦的窗边　向那润泽着不在之岸的歌声　伸出了手

【注释】

① 岩肌，指岩石的表面，水中裸露的岩石表面如人肌肤一般光滑而得名。

② 产汤，指新生婴儿的洗澡水。

たかせがわ

冰　块

盛夏午后的太阳,像一只被头痛折磨的巨大白鸟一样,拥抱着整个城市。它的羽翼严严实实地覆盖在人们的头顶上,遮挡了风,聚拢了热气,让在柏油路上穿行的人们感到有些窒息。

那是发生在刚进入八月后,第一个星期四的事情。

站前环岛上挤满了待客的出租车。少年穿过连在一起的公交车站凉亭，通过正前方的信号灯，踏上了由此直通市政府方向的四车道的县[1]级公路。不一会儿工夫，少年的视线转向了道路反方向的人行道，那边被楼群垂下的长且相连的阴影覆盖着，看上去非常凉爽。他下意识地环视了一下四周，发现只有自己汗流浃背地走在路北的人行道上。他并不觉得这是偶然。大家都特意到对面一侧行走。不知这是盛夏在大街上行走的常识，还是单纯凭眼下的情况自然而

午饭过后，女人跟母亲在客厅谈笑了一会儿，便回到二楼自己的房间，开始为出门做准备。她不知该穿什么好，一边扫视着壁橱里的衣服，一边思索着方才母亲的表情。

“今天也不回来吃晚饭了吧？”她努力不表现出任何表情，对离开座位的女儿说。对此，女人只是简短地回答，“嗯，在外面吃过饭回来”，并窥探着她的脸色，又马上移开视线，像逃跑似的上了楼。母亲并不会深究。恼怒的父亲试图触碰**这一话题**时，她甚至加

然做出的判断,可自己却被此类一般性知识或智慧排除在外,少年对此稍感惊讶。他既对自己竟连这个道理都不懂而感到不可思议,也对除他之外的任何人竟然都懂而感到不可思议。走在道路南面的人们都那么淡定,一副理所应当这样做的表情。他们躲过了太阳的暴晒,眉宇间没有一丝皱纹,心情愉快地走着。隔着稀稀拉拉穿行的汽车望着这般景象的少年,眼睑因刺眼的阳光而颤动着,缩成一条缝,眼睛感觉到了眼睑的影子。在睫毛缝隙间蒙眬张开的视野中,还残

以庇护,正因为如此,她才感到不安,母亲会不会已经知道了一切?特别是当这一预感强烈时,她就更不敢正视母亲的脸。这与其说是愧疚,毋宁说是一种抱歉的心情。而且,这样的心情比肌肤的光泽度和体力更能让她感受到自己的年龄。

脱下家居服,又脱去内裤,一丝不挂的她从衣柜里取出一套白色蕾丝内衣穿上,又拿出几件及膝半裙和薄款罩衫摆到床上,思考着如何搭配。

那个人今天会穿什么来呢?——她一边思考着

存着刚出车站的一瞬间，抬头望向太阳时被阳光强烈灼刺后留下的残影，它们抵抗着眼睑的眨动，执拗地闪烁着。

少年虽然发现了这一玄机，但并不想就此穿过马路，到一旁林立着五六层高楼房的人行道上行走。他现在的目标虽然是面向县级公路南侧而建的市立图书馆，但他想好的路线则是，就这样一直沿北面的人行道走下去，然后穿过通往大楼正门入口那设有信号灯的人行横道。在这之前，决不能回头。而且，路过

这个问题，一边在试衣镜前对比着这些衣服，她自嘲似的认为自己勇气可嘉。对方在约会前，哪怕只有一次，会不会为这样的事绞尽脑汁呢？她原本只想把这种不满当成一个小玩笑，却再次意识到，不满竟出乎意料地变得根深蒂固起来。自从开始和他交往以来，她就不再思考付出的爱情与得到的爱情是否均衡的问题了。至少，尽量不去想。如果希望二者对等的话，那“婚外恋”这种关系就根本不会存在了。这并不是一直委曲求全。其中既有因此而产生的轻松和自

那个公园旁边的咖啡屋时,他想抓住等信号灯的一瞬间,往店里瞧一瞧。

无论发生什么事情,他都要实施这一计划。错过了今天,他将永远失去这一机会。上周他就犯了无可挽回的错误。——为什么那时没有决心进入店里的勇气呢?他原本那么期待,那么强烈而痛苦地每天幻想着那一瞬间……

少年思考着方才那微不足道的罪恶行径。今天,那无可救药的胆怯又将不知从何处滋生出来,将自己

由,也有对对方强烈的愧疚。自己原本以为会不深究这个问题。可如今已经无法再顺利进行下去。偶尔细思那些无意识时所思所想的事情,就会发现里面混杂了感慨对方给予的爱如此匮乏——或者相反,觉得自己付出的爱过剩的心情。正是这一点让她意识到,如今自己已经撑不下去了。但是,如果这样的话,是不是希望男人毅然决然地抛弃现有家庭,来到自己身边呢?决不是这样。要是事情发展到如此严重的地步,该如何是好呢?她心中总有这种不安。而且,最

紧紧束缚住吧。想到这些，他感到全身被灼烧般的焦躁。

让他自惭形秽、反思不已的是，刚才拿着过期的月票通过车站检票口时，心脏竟没出息地剧烈跳动起来。他坐上工作日里乘客稀少的电车，悠闲地坐在座位上等待着自己要下车的车站。即将到站时，他偷眼看了看那像是入学新生才有的黑色皮制月票夹——因为平时总是装在校服兜儿里，所以他总觉得它与平时穿的衣服显得非常不搭配——不出所料，按

终肯定会觉得自己毫不节制，而心生厌恶。

她穿好衣服，坐在梳妆台前，花了十五分钟，比平时更为细致地化好妆，涂上防晒霜，戴上首饰，喷了香水，又在一楼洗手池前整了整头发。然后确认了一下背包里的东西，来到在客厅看电视的母亲身旁，对她说了声“我走了”。

“别太晚了啊。”母亲说着站起身，把她送到门口。这让她很不自在，假装一脸不耐烦地仰望着天空，皱着眉头对母亲说：“今天也这么热啊。”

照暑假补课上半期结束时间购买的这个月票截止日期是八月一日。他进站时那么堂而皇之，所以检票员才没有发现吧。以前在教室曾听同学说过他用过期一周的月票上下学的经历。少年极其自然地想到，等出站时说明情况，老老实实把车票钱补上。但是，他马上又改变了主意，决定和进站时一样，默不作声地用那张月票走出检票口。

这可以说是实施今天计划的一个预演。如果连这点小事都不能神态自若地完成的话，自己肯定挨

“是啊。没必要在这么热的天特意出门呀。你也真是爱凑热闹。”母亲说着，不自然地笑了笑。

“早去早回啊。”

女人又说了一次“我走了”，然后出了家门。

太阳的灼热以粗暴的方式触碰着她的肌肤。好不容易轮到了自己的休息日，她本打算今天舒舒服服地睡到日上三竿，可天气太热，中途醒了好几次，每次都迷迷糊糊地去拨弄空调的遥控器。即便这样，也还是汗流浃背，去一楼冲澡时已经十一点了。

不过几个小时后即将到来的那一时刻的紧张感吧。至于这个想法的依据，他没有深加思考，但这已经足以坚定他的信念。他觉得这次成功将抚平那伴随着心跳不断涌起的闪烁着金色光辉的不安。他觉得自己应该变得更勇敢些。如若不然就得加强训练，让自己对任何事情都不要过于敏感。

直到现在，少年还一边走着，一边在狭小的裤兜里紧紧攥着那个月票夹。一出检票口，攥着月票夹的右手就赶忙插进了裤兜，似乎稍一松手，那一瞬间的

原本睡眠充足，可总感觉浑身疲惫，或许是因为睡眠太浅了，也有可能是因为积劳过度了呢。

走过住宅区的坡道，来到大路上，用了十分钟左右。光是这样，额头上就冒出了薄薄一层汗珠。过了天桥，走到和上班时方向相反的公交车站，就赶紧钻进车站顶棚的阴影下，用手绢轻轻揾了揾脖子周围，看了看时刻表。以往到“市立图书馆站”大约都是四十分钟，即使道路拥堵，也用不了一个小时。虽然她按此计划看着时间且不紧不慢地出了家门，但暑假期

心跳就会像清晨刺耳的闹钟声一般再次迸发出来。如果那时车站工作人员叫住自己，一定不是因为月票上印着的又粗又黑的“8.1”这个数字，而是因为自己心脏跳动的声音过于剧烈。当时车站工作人员正被问了好几遍依然无法理解坐过站补票的老奶奶纠缠不休，少年就趁这个当口，迅速从旁边通过，得以安然无事。但是，如果没有这样的偶然，这次尝试肯定会以失败而告终吧。想到这些，少年顿觉前途暗云涌动。

间公共交通特殊运营时刻表上的空白，比她想象的要多，若是错过了预计十分钟后到达的公交车，那下一趟就是一小时之后了。那样的话，就只能叫出租车了。

女人又看了看手表，确认足以赶上三点半的约会。在自动贩卖机上买了一罐冰的茶饮料，便在长凳上坐了下来。可时间不多了，她急匆匆喝了三分之一左右，然后才一点一点喝起剩下的茶，结果公交车晚到了十分钟，等上车时，罐里已经空了。

因为是工作日的白天，应该不会太拥挤吧，可她

——如果没有那种奇迹般的好运降临的话，我的愿望终将无法实现吧？……

他心里嘀咕着，想到自己已经把好运用在了愚蠢的想法上，不禁愕然。他突然想起上中学时宗教课上学过的一句话，“不可试探主——你的神”[②]。当然，他没有丝毫试探神的打算。不过想试试自己的胆量而已。如果神误解了他，故意捉弄他，让他先白白浪费了运气，那将是从天而降的灾难。他像是为自己申辩似的，仰望天空默念：我并不是那个意思。但又觉得

却低估了情况。不巧，车上坐着许多当地公立中学的女子网球俱乐部队员，好像刚结束与其他学校的练习赛。为此，女人没能坐上座位，不得不抓着吊环，一直站着。公交车那独特的令人晕车的味道，加上年轻人那因奔波而产生的体味和从冷气出风口散发出的霉味，车内简直让人喘不过气来。车里传遍了女学生们嘈杂的吵闹声，要是她不知道她们全都会在两站后下车，也许会考虑下一站就下车去换乘出租车。她们刚下车，车里就骤然安静下来，终于有了座位，她像许多

自己着实滑稽,一边叹息着,一边使劲摇了摇头。

少年对自己这种略带稚气的慌乱感到失望。自己在那个人面前,是不是也总是这个样子呢?想到此,他慌忙更正了自己欠考虑的独白。

——怎么又这样说呢?根本不是什么那个人。她不就是我的亲生母亲吗?……

这句话像银色的锁链一样,将深深沉入他心底的恍惚与紧张一下子拉起,划破了他弱小内心中反射着阳光的水面,并溅起了无数水花。

人一样轻松地舒了口气。此时,她想着,那孩子今天也会来吗?可怜的孩子——那个人的孩子……

女人真正对与男人之间的"婚外恋"关系产生罪恶感,是从看到那个少年忧郁的表情开始的。自那以来,已经过去近三个月了。

自己的存在,竟伤害了那幼小孩子的心灵。——对他的妻子,自己到最后都不会发自内心地抱有"抱歉"的心情。虽然不会表现出一副理直气壮、堂堂正正的样子,但即便如此,最初也是他先提出交往的,以往他前方，被公园绿树环绕着的市立图书馆的淡青色建筑已清晰可见。图书馆近前——现在还隐藏在高楼的阴影中没有显露出来，十字路口的东南角有一个咖啡屋。正是那家古色古香的咖啡屋，能让我窥视到总是坐在入口右手边靠里面窗边的那个人——我的亲生母亲。……心跳逐渐加剧了光线的强度，令他却步不前，想找个地方躲起来。今天还是和往常一样，只是远远地看一看她的身影——等待与她四目相对的那一瞬——就若无其事地离开吗？……路上奔驰

们夫妻之间的不和，也是与自己无关的。就算自己没有出现，不管怎么说，他也一定会有外遇吧。不过是自己碰巧路过，又被叫住了而已。而且，还不知是作为第几个路过的人呢。以前她还能这样泰然处之。

但孩子没有任何罪过。丝毫没有为这种事而痛苦不堪的理由。如果自己不存在，那个孩子是不是也像刚才坐在公交车上的孩子们一样，被朋友围着，快活地笑着，天真地享受十几岁的幸福时光呢？如果自己不存在的话，……如果自己没跟那个人交往的话。

的汽车无情地将他的困惑驱散。少年感到孤独无助。那仿佛是今天在这里不得不下此决心而产生的难以忍耐的孤独。

——再往前走一点,就能看见咖啡屋了。不管怎样,我都要看上去非常自然地从道路相反一侧走过咖啡屋……

少年换乘电车和公交车,花上一个多小时才能到达的这所私立天主教教会中学。是今年四月的事了。这所学校并非闻名全国,但也招收了不少县外的学

回到这个城市——女人出生的故乡,像从前一样在父母住的老家生活,是三年半前的事了。当时她二十八岁。距离她不顾父母反对,考入东京的大学,开始一个人生活整整过去了十年。她大学时学的是文学部的美学专业,专攻美术史,还考上了研究生。起初她打算当研究人员。然而在读本科时,她经人介绍开始对现代美术画廊的工作产生了兴趣,并由此产生了自己或许更适合做这种工作的想法。因为她原本就喜欢欣赏画作,而不擅长阅读文献,所以她才把自

生，是初高中一贯制男子学校。森林环绕的广阔校园里还建有宿舍，利用公共交通上下学的学生和住宿生的比例，虽因学年不同而多少有些差异，但大致是七比三。

学校距电车站大约两公里，通常要乘坐市营公交车。刚入学不久时，少年还和同是不在学校住宿的几个同学步行过这段距离。这期间成果卓著，便利店啦，拉面屋啦，他们发现了许多能缓解放学后的无聊与饥饿的地方，可其中最让他感兴趣的还是三层楼高

己的专业定为美术史，而不是美学。但是，比起整天盯着已故画家的作品，她更愿意与现役的、其才能还不为世人所知的画家直接接触，并帮助他们推广作品。这与她曾一直憧憬就职于出版社，成为一名编辑的想法是相通的。

研究生一毕业，她就离开了大学，开始专心于画廊的工作，但这一选择遭到了父母的强烈反对。父亲是踏实的公务员，他把画廊经理想象成类似骗子一样的人，母亲也跟他想法一致。视若珍宝的独生女竟然

的市立图书馆，每次透过车窗看到时，他都不禁想，那是个什么设施呢？

从第二天放学开始，少年几乎每天都要去这个图书馆，在阅览室度过午后的几个小时。这个时期还是新生熟悉学校生活的适应期，下午全都不上课，少年勤奋地埋头于图书馆学习，一直持续到五月黄金周休假结束，就像履行义务一样。图书管理员们议论纷纷，都说来了一个与众不同的孩子。

当然，教室里的同学也在悄悄议论这个话题。进

会成为这类人的帮凶，简直岂有此理。无论如何都要上东京的大学，他们就如她所愿。不仅如此，还让她读了研究生。想当然地认为她会成为一名教师，结果连博士学位都没拿到，就擅自放弃了。最后的结果就是这样吗？在经济不景气的当下，每个人都希望得到一份稳定的工作。她具有使此希望成为可能的条件，却特意选择了布满荆棘的道路，就把在画廊工作当作自己的生活方式了吗？多么轻率的决定啊！

女人对父母这种乡下人一般的无知颇感惊讶，这

入五月，他去图书馆的日子仅限于一周里只有五节课的周四后，流言蜚语才自然而然被人淡忘了。他本人对流言蜚语也特别敏感。除周四外，他尽量与同学一起回家，这种时候偶尔被问起为什么四月每天都要去图书馆时，他便随口回答说，觉得稀奇，或是回答说回了家也没什么事做，以敷衍过去。同学们听了这些理由，依然将信将疑，但也不会再追问下去，有些人依然认为他有点儿古怪，但大多数人会半怀戒心地展开想象：毕业于乡村公立小学，千辛万苦通过了考试这道

大大刺激了她自己出身小城市的自卑感，几次尝试说服他们，都没奏效，一时间双方的关系竟恶化了。父母反复劝说，让她不管怎样都要先回一趟老家。女儿坚决不听，反驳说这样做才是在浪费自己六年的学习时光，甚至连盂兰盆节和新年都没回家探亲。

母亲并不像父亲那样不问情由，试探着问她是不是还有其他不想离开东京的理由。女人马上察觉到，这是关于迄今为止几乎从未跟父母探讨过的关于男人的话题，但她不愿让他们把自己对工作的热情单纯

难关,来到这所中学的他,一定就是潜藏在学校某个角落的那种颇具实力的学霸吧。

周四去图书馆时,少年也是格外小心,因深得要领,渐渐地也就不怎么被怀疑了。朋友逐渐多起来后,每周仅有一天与他们分路而行,独自走出校门也成了难题,但他负责打扫的是校舍后面的垃圾焚烧场附近,只要慢吞吞地整理一下清洁用具再回教室,剩下的学生也就寥寥无几了。

即便如此,也有被人抓住的时候,起初他只说要

地看作是为了这种事的借口,就断然否定说并不存在母亲所想的那种事。但是,这也很难说就是事实。

她有一位从大学时代就开始交往的,比她大一岁的恋人。两个人都曾考虑并多次谈过结婚的事,可是先是他就职的事,接着她开始读研究生并兼职做画廊的工作。两人见面的时间越来越少,不知不觉就不再谈论结婚的话题了。不久她就和他分手了。后来虽然分别和两个男人交往过,但双方都没有从忙碌中抽出时间来维持关系的毅力,最后还是以同样的方式分手了。

去住在附近的亲戚家——为此，后续他还得编造有关这个根本不存在的亲戚的信息——可后来，他渐渐发现，从车站环岛向右拐，朝商店街的方向走，也能顺着小路绕到图书馆，借口也就变成了要去商店街的游戏中心。放学后顺路去这类“游戏场所”是校规严令禁止的。因此，只要说上一句“要去那个地方”，就不会再被过多盘问，出于所谓的友情，还会格外谨慎地为他保守秘密。当然，如果恰好碰上放学后不时前来巡查的老师，他就打算堂堂正正地说自己要去图书馆。

父女之间出现和解的迹象，正好是在这个时候。画廊的工作虽然很充实，但却被人际关系所困扰，对工资也完全不满意。这时，父母向女儿提议，要不要参加一下预计在当地新建的美术馆的研究员考试。这样不仅能把女儿叫回家，还能用上她以往的工作经验，对将来也有利，况且亦能保证稳定的工作和收入，看上去没有比这再好的主意了。

女人当然知道那个美术馆的新建计划，实际上也很感兴趣。虽然很想继续画廊的工作，但老实说，照如果被怀疑，那就让最近每次碰面都会跟他打招呼的中年女图书管理员为他做证。

少年如此想要隐瞒去图书馆这件事，并非完全是因为讨厌同学们投来的好奇的目光。就连他自己听到图书馆这个词过于正经的发音，都觉得多少有些羞涩。如果不是自己，班里还有其他这样的学生，他大概也会饶有兴致地取笑他们吧。但是，少年无论如何都不想让别人知道自己去图书馆的原因，并不单纯是形象和面子的问题，而是与他最为重要的秘密相关。

现在这样下去，感觉已经到了尽头，考虑到将来时也感到迷茫。为了再往前迈一步，也许有必要稍微绕点远路。虽然她也曾考虑过留学，但从目前能做到这一角度来看，美术馆研究员的工作应该优先考虑。关于新建的美术馆，自己从准备阶段就能参与其中，也是其魅力所在。或许还能保证自己能独当一面。读大学时，想着也许会有这样的机会，就提前考了资格证。没想到有这么好的机会。

她原本也理解父母的担心，这个年纪还总跟父母这个秘密恰好如同他远远望着的浮在池塘里的几朵睡莲花。其枝叶的繁茂如今已经到了无法收拾的程度。而且，在那些孤独的莲花后面，如今又开出了一朵更加美丽的莲花。他想看清这朵混杂在其中的莲花，想确认那究竟是不是梦幻。为此，水面必须得像镜子一般清澈、宁静。而且，他觉得，如果有他人的目光混入莲花丛中，哪怕只有那么一瞬间，莲花都会立刻凋谢，沉入水底。

少年在图书馆并不看书。虽然偶尔心血来潮，他

吵架也让她觉得过意不去。虽然很难舍弃东京舒适的生活，但周围的朋友们接二连三调到了外地或国外，而且想到做这份工作不过几年时间，觉得还是可以忍受的，其间也可以稍微孝顺一下父母。不知道是幸还是不幸，与在东京时交往的几个男人的关系也彻底了结了，虽然失去好不容易积累起来的工作上的人脉资源有些可惜，但除此之外也没什么特别值得留恋的。

虽然女人最终听从父母的劝告，参加了美术馆的研究员录用考试，并顺利通过，离开了东京的公寓，但

也会拿起一本小说，或抽出一本大百科，拣其中有趣的条目大致浏览一下，但他的桌子上摊开的通常都是贴着红色“禁止带出馆外”标签的厚厚的画册。

少年还没跟任何人提起过，他决心将来成为一名画家。他之所以如此痴迷于来图书馆，不光是因为他不想回家，还因为考试结束后，正当他想尽情地沉浸在绘画学习中时，竟然发现图书馆有一整面墙壁都摆放着他一直以来渴望得到的那一卷就要两万日元的盒装画集。

归乡后的生活却比预想的更加充满幻灭感。

第一个原因就是，上述新美术馆的建设计划突然被全面冻结了。这还不算晴天霹雳。女人原本隶属县政府教育委员会文化科美术馆筹备办公室。然而在半年后举行的县知事选举中，强调要改革因慢性财政赤字而不堪重负的县政府的年轻官员意外当选，之后便宣布要摆脱“火柴盒行政[3]”，从盈亏角度出发全面重新审查各项事业的推进计划。对于新美术馆，竟得出了“没必要建设”的结论。选举前，她还曾跟同期少年忘不了那日初次见到这些画集时的兴奋。

小学五年级时，少年在同班同学家看到了以美术鉴赏为兴趣的同学父亲收藏的二十五卷本《现代世界美术全集》[4]，自那以后便真正对绘画产生了兴趣。

他从小就喜欢画画。不过，那只是连他自己都未察觉的一项娱乐，水平也不过是绘画手工课上令同学钦佩，应同学请求在画纸上给他们画一画流行的漫画人物，博取他们欢心的程度。

他那时还不清楚自己是憧憬画集**里的画**，还是憧

的研究员开玩笑说“要是这样的话就该失业了”。因为这个决定，不需要的美术馆筹备办公室被归入以往的县立文化博物馆，与从研究科中分离出来的美术部合并，衍生出一个新的美术普及科。女人的所属部门就是这个新的美术部。

因为听说要新建美术馆，才特意回到这么偏僻的乡下。可事情却急转直下，说不建就不建了。她虽然对这种不合理的做法大为愤慨，但也认为缩减财政支出这一政策本身没有错，所以女人虽然不情愿，但也

憬画集本身。总之，就是迫切地想把画集带回家，然后一幅一幅地临摹自己喜欢的画作。只有一次，他下决心拜托了朋友，却遭到了拒绝。“我碰一下，我爸都会生气！绝对不行！”两人为此吵了一架，直到毕业都没再说过一句话。

走进图书馆的少年，发现自己那般眷恋的《现代世界美术全集》——虽然封面有些破损——竟一册不落地摆在自己眼前，不禁狂喜。不仅如此，从其他出版社出版的美术全集到单卷本画集、美术展的宣传册

最终开始了在新岗位上的工作。她并非无法容忍这样的事。可是，由于新美术馆建设的中止，因对待文化事业的消极作为，知事遭到了部分人的恶评，为了消除这一影响，知事便开始毫无道理地置喙美术普及科的事。这显然是一种政治干涉，因此美术馆研究员们都纷纷表示不满。为什么当地老画家的个人画展计划偏偏现在“空降而来”？科长对此竟毫不怀疑地做了事务性处理。女人在这半年左右的县政府工作中，对这样的官僚作风已是厌恶至极，但学艺科美术部出身

等等，图书馆馆藏极其丰富。无论何时，没必要顾及任何人的眼色，就可以阅览这所有藏书了！他发自内心地感到幸福，很快制订了符合自己的研究计划，分配好绘画鉴赏时间和临摹时间，开始认真地执行起来。结果，少年放在背包里那时常携带的便携写生簿，短短一个学期竟画满了七册，现在第八册也马上就要画完了。

少年格外喜欢毕加索[5]。不光喜欢他的画，还非常尊敬画家本人，甚至达到了崇拜的程度。毕加索十五

的研究员们比她更不甘于沉默。他们本就对不得不把他们从学艺科分出来，在连研究员资格都没有的上司——他原来是美术馆筹建办公室主任——手下工作抱有强烈的不满。所以，他们完全不信任科长，对他的官僚作风更是敏感。有了跟自己站在一起的伙伴，让女人感到了些许欢乐。她虽然没有那么强烈的正义感，但为这种无意义的计划而浪费财政资金，着实令人气愤。究竟为什么冻结了美术馆建设计划呢？一想到自己缴纳的税金也是其中的一部分，就深感愤

岁时画的题为《初领圣体》的油画，成为长期引发少年焦躁与沮丧的诱因。画的构图是那么严谨。——从跪在那里的年轻女子头纱的下摆开始，经过她的肩头、头部，再到手持花瓶的少年的头部，然后延伸到祭坛上最高处燃烧着的烛火顶端，形成一条斜线。这条斜线与另一条斜线——从父亲头部到女子头部，再与她手中的《圣经》相连并延伸——在画面正中央形成圣安德烈十字形交叉。祭坛的高度与女子头顶，以及左边画面深处站着的母亲的下颏一致，形成一条水平

慨。为此，她总是跟上司吵架。为什么每件事都要跟他争论呢？对方看上去一副全然不解的样子。他那熟视无睹的态度更让人心烦。反正女人也不打算在这儿长待，所以干脆说了自己认为正确的话。于是，下班后她经常和与她想法大致相同的年轻同事去喝酒，每次都是大发牢骚，就这样日复一日地生活着。

这样的日子让女人陷入离开大城市的失落感中而不能自拔。不光是工作上的事。即使想买件衣服，买本书，也没有个像样的商店。听说开了一家很棒的

线。与这条线平行的另一条线，从盖在祭坛上的白布下摆沿着与其颜色泾渭分明的背景墙壁一直延伸到女子颏下。其下方地板一线穿过祈祷台底部，通向父亲外套的下摆，形成了与其同样宽度的一条平行线。……少年每每把这些辅助线一条一条画到画面上，都忍不住会重燃对画家的赞叹之情。虽然这些奥妙早已广为人知，但每次他都能切实感受到新发现的喜悦。那经久不衰的魅力，令他深感不可思议。虽然把这些作为古典主义本身的问题来考察还

餐厅，受朋友邀请，去了一看，也不过如此。尽管如此，要是时时把“和东京相比，……”这样的话挂在嘴边，好像自己对东京多么着迷似的，与其说让人反感，不如说让人感觉自己没有自知之明，所以她尽量不说出来。虽说在东京住了十年，可这里才是自己的故乡，想到这些，女人觉得自己只会说些冠冕堂皇的话，很是滑稽。这样的自嘲，让女人对小镇的情感变得更加复杂。

一旦回来，父母怎可能再让女儿离开家。于是，抓紧进行下一步，即给她筹划婚事。对此，她打心底

需假以时日。

但是，比此类构图更加巧妙，时常让他一下子就能感受到毕加索的才能的是画家涂在画面上的白色，作为圣洁之物的象征，白色近乎傲慢地确定了画面单纯的基调。还有他完美的自我意识，决定了他的构思和瞬间付诸笔端的执行力，游刃有余、轻而易举地驱动着形式。形式中透着不忘刻上自己灵感的那份自如，清晰捕捉对象的视角，敏锐的表现手法，鲜明而无须置疑的技艺，还有所有这一切中浮现出的对凡

里感到厌烦，跟父母大吵了几次。母亲劝她说："你也年纪不小了。"父亲威胁她说："成为剩女也无所谓吗？"她原本就很在意，听了这些话，愈加受到伤害。其实并非自己不想结婚。她很喜欢孩子，如果想生孩子，也该结婚了。对这一点，她非常清楚。考虑到初次生育的年龄，也是如此，如果在当公务员期间生孩子，还可以得到充足的产假。但是，没有另一半此事就无从谈起了。父母不想让女儿离他们太远，但就因为这个一眼就能看穿的理由，就跟父母相中的人在一

人——其中当然也包括他父亲——露骨的鄙视。再过两年自己能画出这样的画吗？少年颇感苦恼。画不出来就证明缺乏才能——这个词对他而言，就是天才的代名词，除此之外的一切都毫无价值——想到这些，少年眼前一片漆黑。他凝视着卷末记载的画家传记中的事实，思考着自己在即将到来的各个年龄段必须做到的事。他已经感到刻不容缓，在学校里悠闲地学习简直是浪费时间，这让他很伤脑筋。他想从早到晚尽情画画。不对，是必须画画。毕加索十一

起，她实在是难以从命。回到乡下，相亲，简简单单地结婚。这要是让东京的朋友知道，该怎么想呢？

其实，女人回到这个小镇后，曾跟偶然相遇的高中时代的朋友交往过一次，但没持续太长时间。他不是坏人，可十年来各自处于不同的环境，有着那么大差别，以致事事都不合拍。她觉得他这种完全没有外地生活经历的人的见解十分狭隘，而且她觉得虽然他属于工薪阶层，但如果真的优秀的话，一定不会待在这里。虽然最终没到考虑结婚这一步，但假如跟他结

岁在教科书上的涂鸦出乎意料地稚嫩，这成了他唯一的心理慰藉。说不准在这几年当中，自己也会有超乎自己意料的长足进步。想到这些，心中又燃起了微小的希望。

少年因自己的梦想没有一个称得上梦想的可靠理由而苦恼。故而决定不对任何人——特别是大人——提起自己对毕加索的敬爱。只要对他们一开口，他们就会认为那不过是小孩子无知才说的话，提到画家，就只知道毕加索的名字。要是一味挺直腰

了婚，会变成什么样子呢？自己会在这个小镇当一辈子美术馆研究员吧。留学、在画廊工作的梦想也要放弃了吧。

转眼两年过去了，正当她开始逐步习惯这样的每一天，并对习惯这一行为本身而感到悲哀时，女人居然在并不是花粉飞舞的季节，感觉到了眼睛的疼痛。起初她一直觉得是对什么东西过敏。于是，比平常更为细致地打扫了房间，晒了被子，可还是一天到晚疼个不停，视线也变得模糊了，最后连带着眼底到头都

板，说出自己的独到见解，又会从另一个角度被认为是小孩子在故意卖弄，更是得不偿失吧。少年深知这种时候大人们脸上掠过的微笑对他的伤害有多深。那种态度显然是在嘲笑他对绘画的热情。

因此，少年努力把自己的兴趣留存于心中。对于画集，他真正喜欢的是自由地欣赏画作，并不喜欢阅读解说。有时解说的内容并不合他的心意，但为了事先了解一些基本事实，他也会在临摹累了的时候，粗略浏览一下。他总是想，到了不得不跟人解释一番

疼痛起来。父母劝她尽早去医院看看，到了这个程度，连单位的同事都担心起来，劝她最好去大医院做个检查。最初她还觉得没什么大事，后来变得越来越不安，甚至担心自己得了某种治不好的病。这样的想法一旦萌发，便开始无限制地膨胀。比起眼睛，更让她害怕的是头痛。自己也非常吃惊，甚至怀疑是不是长了肿瘤。前年，她还看到中学同窗会的会报上登载了同一级毕业生的讣告。虽然连那人的长相都不记得了，但还是受到了很大打击。自打出生以来，她还

时，自己不至于只是笼统地说喜欢毕加索，还可以具体地说，“喜欢他‘蓝色时期’到‘玫瑰红时期’的作品。⑥对于晚年的作品还不大了解。”而且，还想抢在对方开口之前补充，“并不仅仅是因为难懂。还因为我不明白他画得那样粗糙的原因”。若是遇到真正懂得绘画，又能充分理解他见解的人，他就会把那几个至今仍藏于他心中的发现说给对方听。比如，关于初期的毕加索受到了埃尔·格雷考⑦的影响的问题。这是少年看了“蓝色时期”作品《年老的犹太人与孩子》

从来没有认真思考过死的问题。然而，这种事无论何时、发生在谁身上都不足为怪。

终于抽出时间去附近医院眼科的时候，她的不安因膨胀过度，已经变成仿佛就要撑破花盆的观叶植物一样。诊断结果是视觉疲劳。这病名听起来与其说让她放心，不如说让她怀疑——真的是这样吗？于是，再次跟医生强调，她不光眼睛疼，头里面也疼。医生笑了笑，反复告诉她这是典型的视觉疲劳，又给她做了详细的说明，并对她的康复治疗做了指导。

后自己发现的。那之后不久，他发现了毕加索非常年轻时画的《埃尔·格雷考风格的男人的头》，兴奋不已。再看解说，上面写的竟与自己的预感如出一辙。虽然自己的大发现已被他人指出，很是失落，但这也证明了他的发现的正确性，他对自己鉴赏画作的眼光有了信心，忍不住想跟某个人来分享他的这些想法。

少年的房间里还放着一些写生簿，比他平时装在书包里随身携带的要大得多。新旧加起来有十几册，

女人听了他确切的说明，终于放下心来，同时又为小题大做的自己感到难为情，特意半开玩笑地把自己来检查之前如何不安的事告诉了他。医生饶有兴趣地听着，然后对她说："不光是眼睛的问题，还有些疲劳过度。"

她把他的这番话当成救命稻草，附和说："就是嘛。太累了，我。"便不自觉笑了起来。

视觉疲劳这一诊断结果引得父母、单位同事都忍俊不禁，"真是虚惊一场啊"。因为这个话题，她被嘲

虽然罩上罩子，放在了床下抽屉的最深处，但除此之外还有非常特殊的两册。他藏起来，决不示于外人。为了隐藏它们，他还特意做了一个纸盒箱。纸盒箱底部有一个隐形夹层，打开盖子，取出作为伪装的一捆捆信件和贺年卡，用指甲沿边角掀起夹层，下面刚好能容纳这两册写生簿。

他不知疲倦地在这两册特殊的写生簿上画着他母亲的样子。他母亲——他加上“真正的”这样的字眼，不停地在心中呼唤的母亲——在少年还未懂事之

笑了很久。女人虽然知道了诊断结果，但内心深处某个地方还是不能完全相信它。用了处方上开的眼药水，又按照指导把隐形眼镜换成眼镜，随时注意让眼睛休息。果然，不光眼球表面，头痛和眼底的疼痛也好转了，她再次感叹医生存在的价值。

女人的视觉疲劳事件表面上似乎风平浪静了，但实际上，比起诊断结果，给出诊断的医生本人却成了她与女同事之间的话题，这位女同事比她大两岁，与她很合得来。她小时候来做过几次眼睛检查，再次来

前就因交通事故离开了人世。

当时她只有二十四岁。为了生第一个孩子，也就是少年，她回到娘家。顺利生下孩子后两个月的一天，她把孩子留给母亲照看，独自驾车去附近的超市买东西，途中在十字路口迎头撞上了突然右转过来的自卸车。因为速度不快，所以车体的损伤在事故中算比较轻的。偶然经过的目击者都觉得驾驶员很快就会出来，可被安全带支撑着且头部前倾的她却一动没动。等到救护车赶到时，她已经处于因出血性休克而

这家医院已时隔二十年了。走进诊察室，看到穿着白大褂的并不是她记忆中那个上了年纪的“医生”，而是一个三十五六岁——实际是三十九岁——的中年男人，她略感吃惊。随后发现原来中年男子是上了年纪的“医生”的儿子，他继承了这家医院的管理权。

女人竟深信当年的“医生”在二十年过后的今天依然健在。对自己的粗心，她感到不可思议。以前路过医院时，只注意到医院建筑更气派了，没想到连院长也换了。

导致的心跳骤停的状态，到了医院也没再苏醒过来。接到通知，跑到医院的父母看到的已经是被宣告死亡后女儿的遗体了。

突如其来的死亡的悲伤让她父母与丈夫之间产生了隔阂。丈夫不仅痛恨只负了轻伤，带着深刻反省与绝望感进了交通监狱的自卸车司机，还怨恨岳父母对自己的女儿毫不上心，让产后不久的妻子独自驾车出门。他的怨恨不仅深深伤害了他们，不为他人着想的他也暴露了自己人性中的弱点。过了周年祭之后，

女人被新院长打动了。他的姿态中有一种与容貌、身材出众所不同的独特魅力，而且他既沉着，又文雅，丝毫没有给人居高临下的感觉。她至今几乎没有跟医生这类人接触的机会。从小时候到现在她都很健康，也很讨厌去医院——因此才导致这次过分敏感。她的身边也没有与医生相关的人。现在，她心中萌生了对他们朴素的敬仰之念。直到昨天还令她苦恼的痛苦和不安，仅凭一次诊察就非常轻易地被缓解了。使其成为可能的乃是理论、技术与经验，三者形

他突然宣布了再婚的决定,双方就自然而然疏远了。两周年祭、六周年祭的法事都由她父母操持,丈夫只露了个面。他冷淡的态度让双方的嫌隙越来越深。说是太难过了,不愿意再想起这件事。怎么会有这样的道理呢?要说难过,我们要比他难过百倍,一想起来就禁不住落泪。正是这样,才应该尽可能为那孩子着想,这才合乎道理吧。而且,虽然在我们面前表现得悲叹不已,可话音未落就满不在乎地来汇报再婚的事。他究竟是个什么样的人呢?——虽然想要忍耐,

---

成复杂而切实的三位一体关系;加之医生救人,事关生死,如此重大而深刻的问题,与她的人生着实无缘。仔细想来,所谓医生,无论在全国何处皆是医生,不是医术高明便一定要前往中央;同样,留在小镇也并非因为技术拙劣。想到此,她心中对他的敬仰之情便更加无所保留了。

但是,这种感情并没有立即被夸张地认为是恋情。她与那个女同事聊的无非是女人之间常有的那些无聊的话题。“虽然说不出具体情况如何,但是他很

可面对表面悲伤却这么快就找到新欢的他，岳母还是忍不住嘲讽了两句。对此，他反驳说，正是因为过于悲伤才会这样，还大吵大闹，说这样是为了让年幼的儿子有母亲陪伴。然而这些冠冕堂皇的借口，根本打动不了他们。“不管怎样，既然他想把女儿从记忆中一笔勾销，那就不再是我们的女婿。”从此，双方便形同陌路。并非没有令人同情的地方。可是，如果真的爱她，他怎会做出这样的事？

他的再婚对象，也就是少年现在的母亲，是他工

帅哦，那个医生。”“啊！真的呢。那我也得个视觉疲劳，让他给诊治一下吧。”

过了一周，第二次去医院时，她在他面前坐下，他马上跟她打招呼：“啊，是美术馆研究员啊。”这让她有点吃惊，但也很高兴。上次问诊的时候，她在说明症状的过程中稍稍提了一下自己的工作，记得他当时听了之后，惊叹了一声，表情意味深长。诊察不过是简单地确认症状的程度，跟上次不同，没有使用大型仪器，直接用检眼镜看了看她的眼底，面对他近在咫尺

作单位的同事。第一任妻子去世时，他三十一岁。虽然年轻，但工作出色，在公司颇有人缘，因此对于他突如其来的不幸，朋友们都发自内心地给予同情。从守灵到葬礼一直忙前忙后，给予他安慰的正是她。她比他小三岁，与他关系密切，如同绯闻搭档。平时两人尖酸刻薄地相互嘲讽，但此时她却感同身受般地开导他，让他倍感亲切。她也时不时给他打电话，想为他做点什么，还时不时邀请他出去吃饭。渐渐地，她在自己对他的怜悯之情中发现了更深层次的含意。二

的脸庞，一瞬间她心跳起来。因为是左眼检查左眼，右眼检查右眼，所以脸部相互错开，但即便如此，只要稍有挪动，脸颊就有可能碰到一起，喘息声近在耳畔，那声音似乎藏着某种秘密。

没有什么比眼睛深处被窥视这件事本身更让她感到不安的了。自己的眼睛以前从来没有被这么近距离地注视过，而且她也是第一次知道，通过这样的注视能看清眼底。她立刻联想起了钥匙孔，自己的房间毫无抵抗地被陌生人窥探的这种情景，就像一幅画

人就借着过完他亡妻周年祭的时机,到市政府提交了结婚申请。亡妻的父母之所以对他操之过急的再婚表示怀疑,原因之一就是因为再婚的对象是她。原来是葬礼时就在身边的那个女人啊。那时就非常亲密呢。那以后就变成恋爱关系啦?不会是在女儿生前就对她不忠吧?

少年在毫不知情的情况下长大了。他懂事后自然而然地相信这个人就是孕育了自己的母亲。他连想都没有想过,自己与她之间没有血缘关系。他还有

作。以前在什么地方看过这样的画呢?而且,作为被窥视的人,还对身为窥视自己的人产生了类似羞耻心的特殊感情。

那天,她是最后一个患者,因此检查结束后,两人加上一个中年护士还漫无边际地闲聊了五分钟左右。护士说因为美术馆研究员这种工作特别稀罕,所以上周她来过这里之后,“漂亮的美术馆研究员”就成了他们议论的话题。他们还一边叹息一边开玩笑说也想为这么有文化的事用眼过度。她赶忙表示“并不完全

一个比自己小三岁的弟弟，当然也从未怀疑过那是他的“异母兄弟”，他甚至连这个词都不知道。

长久以来父亲就这样一直瞒着儿子。虽然他注意到这是因为自己的懦弱而做出的判断，但他觉得告诉儿子真相还为时过早。而且，他也要顾及后妻的感受。儿子认为她就是自己的亲生母亲，颇为眷恋。她也以诚相待，视如己出。虽然她有她自己的内心纠葛。但为什么非要在现在这个时候打破好不容易建立起来的良好关系呢？必须是现在的必然性又是什

是这样”，然后跟她发了一通牢骚，故意强调了工作中杂务之类的事。“哎呀，是吗？”护士看上去很意外似的瞪大了眼睛。医生一直微笑着静静听二人的对话，最后说：“我也经常去县立文化博物馆呢。正想去看最近的鲁昂美术馆展，可一直抽不出时间。”

女人听他这么说，很是惊奇，抬高了声音：“是吗？”接着又说：“那下次我把入场券带来。请大家一定来看。”

“啊，那太好了！”护士自顾欣喜，她身旁的医生

么呢？他就在这样时常的扪心自问中，度过了十年的岁月。他自己至今都未能从那件事中走出来，只是用逃避来消磨时间。他的父母，后妻的父母对这一方式都没有异议。虽然这不是万全之策，但如果能顺利持续下去，姑且就先这样吧。

就这样，事实在这个家庭的中心形成了一个空洞，而他们处于这个空洞的周边，也算幸福。夫妻俩想要无期限地延长他们的幸福。当悲剧不再是过去，而到了不得不接受的未来时，也希望如此。

说:“真是不好意思，好像追着你要票似的。”

“没关系。小事一桩，请别放在心上。微不足道，就算是对您给我看病的一点谢意吧。”

女人这次拿了两周用的眼药，到下次再来医院时，展览就结束了。因此，几天后她拿了大概五张入场券，下班回家时顺便去了趟医院。不巧的是，负责接待的是位貌似不知情的年轻护士，解释起来又比较麻烦，加上此时院长正在给人诊察，于是她叫住打算去请院长的护士，把装有名片和五张入场券的信封交少年知道这一**事实**是小学六年级那年春天的事了。契机就是他**亲生母亲**的十二周年祭的法事。

少年的父亲让与亡妻有关的一切物品——照片自是必然，从牌位到不能还给她娘家的遗物——彻底远离儿子的视线，也不让他与她切实生存过的痕迹——她的血亲——有任何往来。长年以来，这给她的父母造成了难以忍受的苦楚。他们不仅失去了挚爱的独生女，还不能与她的遗孤——他们的外孙——相见。如此悲惨的事怎么能对那么年幼的一个孩子开

给了她，让她转交给院长，说院长收到后自会明白。

那之后大约一周后的一天下午，她正负责特别展览的接待工作，有人打来内线电话说有客人来访。这么忙，会是谁呢？她过去一看，那个眼科医生正独自站在那里。看到她一脸不高兴地走出来，医生惶恐不安地说：“打扰您工作了。前两天没能向您道谢。”

女人看到他的样子，想着自己究竟是以什么表情出现的，慌忙换作笑脸，说：“劳您特意前来，谢谢您。已经看过了吗？如果可以的话，我带您去看吧。”

得了口呢？——接到如此答复，老两口暂时断了念头，只能看一看每隔几年才寄来一次的照片，虽然也想一直忍下去，但越想越觉得没有道理，就亲自调查，悄悄参加了外孙小学的运动会，看到外孙那继承于女儿的相貌，更加无法忍耐，就在信中痛切陈情——要说悲惨，现在这种伪装事实的状态不是更加悲惨吗？

这也是少年的父亲一直思考的问题。如果被发现，反倒会让儿子更加抵触。必须在什么时候告诉他。有必要告诉他。同时，父亲的内心中奇妙地悄然

“哦，我刚看过了，真是太棒了。”男人似乎放下心来，回答道。因为拒绝了她难得的提议，作为还礼，男人对她说：“如果您有时间，到那边一起喝杯茶吧，……”他又重新考虑了一下，说：“如果您有时间，下次一起吃个饭怎么样？作为今天的谢礼。”女人笑了：“还说什么谢礼呀。这本来就是您帮我看病的谢礼。”

于是，两人交换了手机号码，确定了见面的日子，约好下周三傍晚在市立图书馆旁边的咖啡屋会合……

女人在计算与男人之间的“婚外恋”岁月时，感到

萌生出了想要将这一事实告诉儿子的愿望。这种残忍的想法由何而来呢？他无法理解。是因为长久以来伪装的痛苦，还是想从因无法抹去对亡妻的记忆而独自一人承受的痛苦中解脱出来？是出于愧疚，还是想与儿子一同分享对生前的她的回忆？或是出于无法实现的对于她的怜悯与补偿的心理？

犹豫不决的结果就是，他接受了亡妻父母想让外孙无论如何都要参加女儿十二周年祭法事的请求。他们已年近七十，不知何时就会撒手人寰，对这样的

非常迷惑。该从何时算起呢？从第一次有肉体关系那天吗？或是第四次两人独处时？——第四次。是啊，这之前的三次约会，不过是吃个饭，愉快地聊聊天就分手了。这不能算是“婚外恋”吧？如果自己站在妻子的角度考虑，还是会认为这是出轨吧。

这样追究下去的话，应该是那一天，与独自来看展览的他见面的时候——不，再往前追溯，在医院的诊疗室里，比其他患者稍长时间跟他交谈的那个时候，才是真正的开始吧。但是，这是没有什么真实感

恳请，他无法拒绝。儿子已经长大。尽管是自己的孩子，但看上去很坚强，更重要的是儿子非常爱现在的母亲。纵然知道她不是自己的生母，家庭关系也不会发生意想不到的变化。要是现在的话，兴许会顺利挺过去吧？……虽然有过于乐观之嫌，但也想象不出什么不可思议或悲惨的结局了。妻子因丈夫的决断而感到不安，虽然最初反对，但对方说是为了儿子，便不能再强加阻挠了。他们的父母一直很同情死了女儿的老夫妇，因此对他的决定也表示赞同，关于今后的

的想法。如今回想起来，若是存在应该在某处就止步的一瞬间，如果认为那才是“婚外恋”的开始的话，大概是确定第二次约会的时候了。在知道了一切后，还答应和他再次单独见面的那一瞬间。

第一次约会那日，男人就告诉了女人自己有妻子的事。她就像冷眼看了一眼大街上偶然碰到的争执就马上避开似的，若无其事地径直走了过去。而且，自那以后，这件事除了男人极为少见地提及之外——她每次都觉得那是一个意外的事实——就那样长期被

事也给他出了不少建议。

在四月中旬一个樱花纷纷飘落的星期六，少年在穿着丧服的父母的陪同下，坐上新干线列车，又换乘了出租车，在完全不知情的情况下，来到了从来没见过的“亲戚”家。在那里突然被十几个同样身上裹着丧服的大人围住，然后被告知一个事实，自己从前还有一个母亲，而且她才是与他血脉相连的亲生母亲。他们因紧张而紧绷的表情很快就崩溃了。父母哭泣起来，被介绍是外祖父母的两个老人哭泣起来，还有

搁置下来。

第四次见面的时候，两人在酒店最顶层的餐厅吃了饭，随后就去了男人预订的房间，没有说“喜欢”，也没有说“我爱你”，就拥抱在了一起。她当时有一种奇妙的不自觉的感觉。或许是内心有什么东西抑制了对自身行为对错的判断吧。总之，自己已踏入了世上所谓的“婚外恋”这种关系之中，对此可以说她完全没有反省过。直到后来，不，越到后来她越是觉得无法理解。自己是从何时开始对“婚外恋”这种男女关系

像是亲戚的几对夫妻,也拿出手绢擦按眼角。少年在他们中间,感受着从来没有过的剧烈心跳,一阵阵地眩晕着。没有眼泪。只是觉得自己在自己内部急剧崩塌,而周围的一切渐渐离自己远去。

法事开始前他们给他看了这位母亲从幼年到去世前几天的照片——上面还印着被她搂在怀中的少年自己的身影,还给他看了黑白遗照。被称作是外祖父母的老夫妇不停地重复着说:“真像啊,真像啊。”现在的母亲听到这些话后无地自容的表情映入了他

的情形有所了解的呢?女人也想不起来了。不过,可以确定的是,从知道的那一刻起,她认为那是坏事了。这一判断坚定得惊人,恐怕以前从不曾怀疑过。可能也有人为此百般辩解。但是,原本就是没有什么道理的事情,即便试图找理由肯定这种关系,也无济于事。无论什么样的借口,如妻子可怜,孩子可怜之类的,都奈何不了这一正当至极的反对意见。——她不能理解的是,在冲破长年以来信以为天经地义的观念之际,自己竟丝毫不感到惊讶。在那一天之前,她几乎

的眼帘中。父亲自始至终一言未发。

法事过后气氛突变，少年受到了热情款待，当天就睡在那里，整夜未眠。父母在旁边的床铺上悄声谈论着“那孩子太可怜了，今后该如何是好呀”之类的问题。第二天，告别了不舍的老夫妇，回到自己家，少年独自一人钻进自己的房间，痛哭到深夜，然后把那些忍无可忍，在脑海中不停打转的话语全都抛出去，逃进了睡眠之中。

少年还没有想清楚，就勉强地接受了现状。应该

没有为自己所做的事的善恶性质烦恼过。只是不知不觉地一直跟他见面，不知不觉地跟他上了床。事后才渐渐意识到这是“婚外恋”。如果这样的说法不正确的话，那么就应该是，变成了渐渐接受了“婚外恋”。

这个过程与女人和独身男人开始交往时没有任何不同。在这之前，女人觉得“婚外恋”非常愚蠢，也从来没跟有对象的男人交往过。她既讨厌这样的事，也觉得很难原谅这样的事。接受自己是出轨对象这样的事，让她感到非常耻辱，也对那些对此满不在乎

拒绝，还是应该接受？他既没有对此做出判断，也没有为此而苦思冥想。他很爱现在的母亲，而且想到她的心境，也觉得她很可怜。可是，越是审视自己的这种心情，越是觉得自己对母亲有些见外。母亲也是，因为决不能疏远他的想法过于强烈，以至于在诸事上都显得极其不自然。少年被不了解此事的弟弟纠缠不休，而和弟弟吵起架来。这种时候，她不再像从前那样——“你是哥哥嘛”——要求少年退让。多数都是责怪弟弟——也就是与她血脉相连的儿子——太

的男人感到气愤。她也觉得另外一个女人很可怜。总之，没有一点值得肯定的地方。然而现在，自己竟成了比出轨性质更加恶劣，且无论在社会层面还是法律层面上都将产生巨大影响的出轨当事人。事发前，能够阻止自己的力量全都没有发挥作用。而且，事发后能刹住车的力量也是如此的微弱。

为什么呢？是处于只要想分手随时都能分手的立场的人，与既有孩子又有共同财产而不容易分手的人之间的差别吗？——怎么会？我觉得没有这样的

任性。少年受到庇护后反倒不知所措的表情似乎告诉她——以前可不是这样，于是她又慌忙训斥起少年来。

少年突然声音沙哑，她意识到这是到了变声时期，也不免想象，如果是他的亲生母亲的话，会有怎样的感觉呢。她的这种态度让少年觉得与她之间产生了难以消除的异性差异。自己在逐渐变成一个男人，与她将形同陌路。这种异质感必将迫使现在的母亲将思绪飘向那个父亲曾经爱过，而且至今仍深藏于心中

道理。那么，是对他的爱情蒙蔽了自己的双眼吗？但是，那么强烈地爱过他吗——爱着他吗？两人到现在都没说过一句“喜欢你”“我爱你”之类的话。或许只是一句话的问题，但说与不说之间存在很大的不同。

伦理上的是非判断是不言自明的。可自己对这个判断却悬而未决。那么，心情上是否愉快又如何呢？她知道社会不会原谅这种关系。那么，自己呢？对于自己，为什么就能原谅了呢？不是出于善恶的问题，而是所谓的自尊心问题。

的女人。那时，亲生母亲的音容笑貌会像幽灵一样，接连出现在自己的表现中，那对老夫妇不是一而再再而三地说过吗？“长得真像。”每当看到我的脸时，这句话就会像回声一样萦绕在现在的母亲的脑海中吧？

过了好几个月，家庭才恢复了原有的生活。虽然老夫妇频频打电话或写信邀请他到家里玩，可少年再没踏入那个家的门。一个人去的话太远，又不能对父母说想去。首先，现在的母亲怎么办？让她同行太残酷了。如果只和父亲两个人去，虽然形式不同，但还

女人认为自己现在是“婚外恋”的对象，是正在进行“婚外恋”的女人。前者是包括男方在内的对方人们的看法，后者是包括自己在内的自己一方人们的看法。她在想，这两者中哪个自己更卑劣呢？她觉得都很卑劣。哪一方更厚颜无耻呢？她觉得都很厚颜无耻。哪一方更愚蠢呢？她觉得都很愚蠢。不管是哪一方，都很悲惨，而且都是不太——不，是很可能，甚至是完全不——值得同情的弱者。自己怎么能忍受这样的处境呢？

是会让她伤心，而且自己再也不想回到那个地方了。一想起那天的事，他就胸口憋闷，忍不住作呕。虽然没有血缘关系的只有母亲，但感觉家里所有人都如同陌生人一般。特别是父亲，他总觉得无法原谅。在他心目中，大人依然是绝对正确的存在，正因为绝对正确才称得上是大人。然而，不告诉他真相的这一决断，如今想来总感觉父亲是错误的，而且那么幼稚。即便这样，少年也没有当面对父亲说过自己的不满。他明白如果说了的话，肯定会发生争执。那么最伤心

七月中旬，女人提前获得暑期休假，时隔许久再去东京玩时，第一次跟大学时代的朋友坦白自己现在正处于“婚外恋”中。对方起初一脸惊讶，吃惊地叫了一声，可马上露出担心的表情，说了句“是吗”。那时的情景，她至今难忘。

女人感觉“婚外恋”是封闭于内部的一种恋情。因为是不能公之于众的关系，所以其结果必然是，当事人自身不知不觉中被关进了密室，出不来了。——不，是根本不想出来。身处其中时，女人感到出乎意料的幸

的就是现在的母亲。这是他内心萌生的对她近似义务般的体贴。

少年恰好从这个时候开始埋头于绘画。深夜,当家人都熟睡后,他便拿出那对老夫妇为了不让他感到孤寂而送给他的亲生母亲的相册。看着照片,他想象照片之外的她的各种表情。他想画出那些表情。为此,橡皮屑堆了一桌子,还浪费了好多张纸。他为自己拙劣的画技感到失望、气恼。想画得更好。要是自己会自如地画各种画,就可以随时面对亲生母亲了

福。几次正当的恋爱失败后,她有些厌烦那样的关系了。自己就是自己,有想做的工作——该做的工作。埋头于其中时,生活上完全没有了空闲。很悲哀,连恋爱都不例外。到了休息日就想待在家里休息。如果不这样做,就无法保全自身。虽然并不一定被逼到这种程度,但就是觉得比较麻烦。这种时候还必须跟男人见面。不见的话,还必须说明理由。这样反倒更麻烦,便硬着头皮去见。见面时也很愉快,但总觉得这样的生活很不自由,甚至想如果与异性交往有更适

吧。要是母亲就这样在画中微笑、生气、哭泣、柔声细语地同我说话，母亲不就可以活在画中了吗？或者说，母亲不就可以通过自己的铅笔，再次回到这个世界来了吗？少年时常陶醉于这样的梦想中，同时也切实感觉到有必要把母亲画出来。

对于少年来说，没有给他留下任何记忆就去世了的亲生母亲，是一种极为不可思议，但又非常令他怀念的存在。他无法怀疑她存在过。别的不说，他的存在就是最好的证明。而且这并不单纯由他是她所生

度的方法就好了。这种心情，不是很久以前就有了吗？

要工作，还是要恋爱，自己不想陷入像悬挂在电车里的女性杂志广告纸的标题那样简单地二选一的境地。她觉得应该有不用那么俗气、笨拙，就可以更好地处理这两件事的方法。既能投入地工作，也能尽情地谈恋爱。可最终找到的策略就是“婚外恋”吗？

是啊，“婚外恋”确实很轻松。不用每天必须联系。虽然带着手机，但也没有说话时非得避人耳目的

这一过去的事实来证明。此时此刻他肉体中留存的痕迹,更加明确地证明了这一点。

夭折通常意味着使命的终结。那是把死亡来临前的行为迅速转化为生的目的的一个暗示。她绝不是为了生下少年才降生于这片土地的,不过是在生下他之后碰巧死去了而已。但是,要想从她过早死亡的不合理性中寻求某种意义的话,最终也只能把生产看成是她的一个宿命。

事实上,这样的想法隐约占据了少年的内心。

理由,所以很少打电话。除了见面时一起度过的时间之外,两人过着互不干涉的生活。一周约会一次这种频率,对方也不会突然说想见你,自己没兴致的时候也可以无所顾忌地说出来。让对方听自己工作上的牢骚,陪自己聊聊天。一个月发生一两次肉体关系。无论怎样美化两人之间的关系,肉体关系这一点还是相当重要的。

在东京跟朋友商量时,朋友说:“可不要变成招之即来挥之即去的女人呀。”女人回答“是啊”,像是表示自己的亲生母亲只是为孕育自己而生，使命完成的同时就要面临死亡，这样的想象让他心痛。那虚幻无常的牺牲的幻影上浮现出母性本身所具有的某种根源性的悲哀。自己收到了那里传出的清脆的回响。“一模一样”这句话是那样一目了然。——或者，还可以这样想象，自己就是已故亲生母亲的转生。当日，几个亲戚不就不顾时间上的混乱，脱口说出了这样的话吗？“长得像”，就是对这一事实更为神秘的解释。而且，那样恍惚……

赞同似的朝她笑了笑，但内心却很抵触。从这句话可以看出朋友其实已经变成了这样，而她则想警告朋友。但是，要说“招之即来挥之即去”，那也是彼此彼此，甚至可以说这更符合自己的意愿。就连对待肉体关系也是如此，她并不认为只有对方获得了好处。

总的来说，如果仅考虑恋爱的功利面的话，对她来说“婚外恋”也未必是个坏的选择。无论从社会的角度来看，还是从自己的婚事来看，她都明白这种关系不应该长久持续下去，但是眼下，保持这种关系有但是，无论怎样，那件事于他而言必然是空洞的。父亲努力想要忘记，现在的母亲不愿正视的正是他已故亲生母亲的存在。自己的容貌上鲜活地体现了她的存在，这让他们陷入了不自在的痛苦中。

少年的父亲感觉儿子比以前更加沉默寡言了，这是因为受到了那天告诉他的事实的影响吗？还是原本就到了会这样的年龄？他不得而知。

不管出于哪种原因，父亲害怕儿子就这样毫无生气地开始走下坡路，或者正相反，在某一天突然与暴

时让她觉得不失为一种理想的方式。

如果是那样的话，爱与被爱这一核心问题又会怎样呢？就连自己都觉得很不可思议，也不是为了逞强，她竟一点都不嫉妒男人的妻子。如果用图来描绘两人的关系的话，那么自己只通过一条线和他连接在一起，与此相对，他还通过另一条线与另一个女人连接在一起。这样一来，他的爱情——虽然比例会时不时发生变化——总是一分为二。自己得到的爱情不过是其中的二分之一，可自己付出的总是爱情的全

力结缘。无论怎样，他觉得有必要让儿子先把精力投入到某件事中，而不至于误入歧途。于是，他建议儿子参加堪称“难关”的私立中学考试，这与其说是从其将来的意义出发，不如说是为了逃避眼下的危机。可少年却接受了他的提议，开始上升学考试补习班，刻苦学习，并顺利通过了有父母陪同的面试和国语、数学笔试。

少年心里明白，不管现在自己的反抗属于什么类型，都必然会与那件事联系起来。纵然有正当的理

部。女人自己并没有产生怨恨这种不平衡的情绪，竟出乎意料地淡然，也没烦恼。对此，在意的反倒是他。

女人想，这其中的一个原因会不会是自己的爱情太浅显了。因此，虽然不难理解“婚外恋”这种关系很容易被看成单纯的肉体关系，但仅仅是浅显，跟完全没有又不一样。如果非要这么说的话，那普通的恋爱又如何呢，又在多大程度上超越了肉体关系。

要说自己是不是爱着对方，恐怕是爱着的。只不过是没有嫉妒到心焦的程度。她一点都感觉不到想

由，根底里也一定会被认为是那件事引起的焦躁所致。事实或许就是这样。因此，对于父亲关于他前途的决定，他一言未发。他既不愿意让父亲因为他可怜而包容他的反抗，也觉得这样下去终究不行。而且，自己已经开始觉得与那些打算升入地方公立中学的朋友们有所不同了。想和他们去同一所中学的心情也不像从前那么强烈了。或许已经感觉到与他们的关系很难再像从前那样维持下去了。

当咖啡屋前能竖着停放三辆车的停车场从楼房

要独占他的那种烦恼。或许正因为这样，才让她感觉到爱情淡薄。但是，真的是这样吗？

坐在向北疾驰的公交车上，女人的左手略微感觉到了夕阳迫不及待消失的征兆。就这样坐到终点的话，会到几点呢？肯定赶不上三点半的约会了。要么不下车了？——她突然这样想。不，或许不应该下车。就这样悄无声息地从他面前消失怎么样？如此，也不用再看那个孩子哀伤的面庞了。她看了一眼手表，刚过两点半。还是从下一站下车呢？就这样意想的阴影里闪现出来时，少年屏住呼吸，加快了脚步。他看了看放在步道上、带有咖啡公司广告的宣传牌，确认今天店里依旧营业，便松了口气，同时觉得再没有拖延计划的理由了。他继续往前走，当来到只要一转脸就能从店里看到马路对面的行人的地方时，他因红灯被迫停下了脚步。狭窄的南北小路横穿通往车站的东西大路，咖啡屋就建在十字路口的东南角。少年站在西北角，惶恐地将目光向对角线的方向扫去。

往常的那个座位现在还空着。

不到地提前回家的话，母亲会是怎样的表情呢？

两人的固定约会时间是星期四下午。女人以往都是周末和星期四文化馆闭馆日的这三天中休息两天，可是这三个月，几乎没有周末连休，都是周末两天中任选一天加上周四这样的组合。这对两个人来说正合适。周末跟家人在一起是男人的习惯。如果女人愿意，也可以让他改变习惯，但她讨厌这样做，而是决定让男人把从前自由支配的每周三下午的休诊时间改到周四下午，这样她就可以完全占有这段时间了。

知道女人不在,少年比刚才更加大胆地望向店内,可依然找不到那个人的身影。看了看手表,刚两点半。表带松垮的银色手表是老夫妇作为升学贺礼送给他的,戴着出门还是第一次。走路时手表从他的手腕上滑下来,停留在手掌中间,截住了流下的汗水。这让他很是不爽,几次拉上来,紧紧卡在手腕上。可走动时,手腕前后晃动两三下,手表马上又滑下来,恢复到原状。

走过咖啡屋再往前,穿过前面的人行横道,横穿

约会的地点一直都是市立图书馆旁边的咖啡屋。男人担任院长的医院位于一幢独门独户的西式建筑的一角,女人最初还以为那幢建筑是他自己的家,问过他后才知道,那是已经隐居的父亲的住处,他自己在距离此处开车要四十分钟左右的地方另建了新居。周四那天医院上午的诊疗时间会延长到下午一点。之后他会收拾收拾,陪父母吃个饭,就急急忙忙开车赶回家,换好衣服再出来,刚好三点半左右。女人算好时间,通常都是三点多到咖啡屋。

马路，稍稍折回，快步爬上图书馆正面的楼梯。二楼入口右手边的自习室里，穿着便装的考生们整齐划一地坐在桌前埋头苦读。少年在自习室入口旁放置的脚踏式饮水机处不停地喝着水。踩踏板的声音在鸦雀无声的图书馆里回荡，致使几个考生抬起了头，可少年却完全没有注意到。终于解了渴，少年起身，用右手背擦了擦沾了水的嘴角，又顺势用整个小臂擦去额头上的汗。

阳光从平台上朝南的窗户照射进来，他走上通往

最初约会时，他们也会去各种各样的地方，但最近的大多情况下是哪儿都不去，直接去他预订好的酒店的房间。女人曾经想，这样的话，不如干脆在酒店房间里会合，但男人没有这样说，似乎是不想让她觉得自己只是谋求肉体关系。实际上两人也并没有一见面就如胶似漆。但他的辩解是，四处闲逛的话会惹人注意——为此，他约会时从来不开自己心爱的奔驰车，一定会开其他国产车来。女人对此表示理解，她自己原本也不是爱出门的人。

光线耀眼的阅览室的台阶，看到那里也有几个进不了自习室的考生——本来是禁止的——把笔记本、参考书摊在桌子上，时不时抱怨地看看万里无云的晴空。

少年在北面照不到阳光的座位上坐下来，拿出了写生簿。

进入室内后，失去温度的汗水比在室外时更加让人不舒服。冷气开得很足，有的位置甚至让人感觉有点冷。窗外因暑热而膨胀的蝉鸣声严严实实地包裹着图书馆，路上过往的车辆发出的噪音不断在其底部

虽然如此谨慎，男人却总是若无其事地跟她待到晚上十一点左右，女人几次问他“不会被家里人怀疑吗”，他只是回答“没关系”，可并没有说明为什么会没关系。她甚至由此想象，可能他们的夫妻关系已经名存实亡，可他还有陪家人一起过周末的老实行为，总之她得出的结论就是：他很高明。

这种表明对方是偷情高手的迹象随处可见。虽然不是处处留情，但感觉他偶尔也会有情人。让她对此感触颇深的是，自从他在第一次约会时坦白自己已

往返着。

——过一会儿再去看看吧。……翻开写生簿的封皮——上面用装饰体标着一个大大的罗马数字“Ⅷ”，少年凝视着从第一页开始连着临摹了好几页的毕加索的作品《人生》。他对这幅画的完成度非常满意，忍不住放学后悄悄溜进美术室，喷了大量黏合剂把它挂上。这幅画对他来说一直是个谜。画集的解说里只是简单写着这幅作品与画家的好友卡萨赫马斯的自杀有关，然而读了解说也无法轻易理解其主题

经结婚之后，就几乎再没谈起过家人，特别是关于他妻子，偶尔会让人怀疑他是不是真的结了婚，让人感觉不到他妻子存在的迹象。为了讨好女人而过分地说妻子的坏话，会惹人反感，或者随口说出离婚之类的话煽动对方的罪恶感，这类已婚者容易有的失败之举，他绝对没做过。

女人之所以能够接受“婚外恋”这种关系，归根结底也是出于这个原因。

她再次尝试在脑海中重新用图形来描绘与男人

的含意。

他想试着以自身的境遇来自由地解释这幅画。无精打采地靠在一起的男女是自己的父母。怀里抱着孩子,带着与他们格格不入的表情站在那里的是他的亲生母亲。那孩子,不用说,就是他自己——或者,还可以这样解释。裸身男女是丧命前的亲生母亲和当时的父亲。抱着孩子——当然还是他自己——的女人是现在的母亲。表现的则是与过去、与记忆对峙的这一主题。……但是,少年最喜欢的解释却不是其

之间的关系。把自己与他连接起一条线,然后是由他这个点连接起通向其他女人的另一条线。但事实上,这幅图不应该就此终结。她时常忽略另一条线,似乎很容易陷入一种错觉,那就是只存在一条横跨在自己与他之间的线。然而,这条线却是所有应该画出的线中最为危险的一条。

她试着在图中重新加入与这条线不同的其他类型的线,也就是把自己与父母连接起来,把男人与他父母连接起来的线。还有连接他妻子与妻子父母之

中任何一个。这一解释非常不合理，却奇妙地吸引着他，而且让他觉得更加真实。即裸身男女就是他自己和那个人——也就是亲生母亲。而抱着孩子死死盯着二人——不对，准确地说是靠着他的女人——才是现在的母亲。——因此才被画得那么年轻，那么小。母亲画得比我还高。——由此还可以引出两个更为不合理的解释。少年还是那个裸身男子，裸身女人却是那个人。而抱着孩子，紧盯着她的是已故的亲生母亲。或者相反，裸身女人才是亲生母亲。而冷眼看着

间的线。夫妻俩分别与对方的父母连接在一起，又与双方的亲戚、朋友相连。自己也通过线与亲戚、熟人、朋友，还有单位的同事、上司等各种各样的人连接起来。在这些错综复杂的线中，无意间把二人连接在一起的线显得如此随意。可就因为画了这条线，才有了横跨在涉及自己和他相关的所有人之间的无数条线，以及与自己相关的人们与他之间的线，还有自己与除他之外的所有人之间新画出的线所引起的无法收拾的混乱——所谓“婚外恋”，不就是在这一过程中致使

他们的女人是那个人……

背后放着的两张画布的主题适用于所有这些解释。蹲在那里拥抱着的两个人表现的是爱情的不幸。而在其正下方画布上的人，像婴儿一样蜷缩着身体，并且拖着死尸一般的阴影，暗示着诞生与死亡绝不是相互对立的，反而证明了其意义是对等的，而夹在两者中间的人生的时间，注定附带着哀伤。

少年第一次见到那个女人是五月黄金周结束而开始每周去一次——只有星期四下午——图书馆之

所有本不应该存在的线交叉在一起，同时依然连接在一起的一条错误的线吗？

女人第一次见到那个少年是五月黄金周结束时。那是她时隔两周与男人相约见面，像往常一样在市立图书馆旁边的咖啡屋等他的时候。

那天，女人在三点半的约会时间前一点儿到达店里，坐在窗边的座位上，独自喝着咖啡。天空晴朗，她望向街道，车身上反射出的阳光非常刺眼。从开始来这家咖啡屋已过去了半年多。不是因为咖啡好喝，更后不久的事。

那天，他专心临摹，忘了时间，后来稍感疲倦，就攥着钱包到图书馆斜对面的自动售货机去买饮料。他买了一罐果汁，站在原地喝的时候，目光无意间捕捉到了公园旁边咖啡屋里一个女人的身影。宽敞的玻璃窗旁放着一个刚好够两个人坐的木头圆桌，她稍稍面朝外坐在椅子上，心不在焉地喝着咖啡。午间因来吃午餐的公司职员而爆满的咖啡屋，如今似乎只有她一个客人。这张桌子边还空着一个座位——恰好

不是因为店里的氛围好。有停车场固然方便，但作为幽会的地点还是有些显眼。店员似乎也已经记住了自己的面孔，或许觉察到有什么内情，故意以冷淡的态度来对待自己。虽然对方热情地来搭话反而会让自己更为难，但现在被这样对待，越来越觉得自己是在做亏心事，感觉不舒服。差不多该考虑其他地方了，每次来时她都会这么想，但一见到男人就不知不觉忘了这件事，而沉醉于其他话题中。然后，总是在约好下周的约会日期并分别后，才匆忙想起这件事。

如同前几天在霍普的画《自动贩卖式餐厅》[8]中看到的那个空座位，像是在无精打采地等待有资格坐上去的人。

少年握着喝了一半的果汁罐，一动不动地盯着那个女人。透过玻璃窗下摆放的观叶植物的绿叶，他看到女人穿着浅桃色的开衫，好像顾及什么似的，频繁地向外张望着。少年马上认出了那张白皙且不知何处略带忧伤的美丽脸庞。虽然从远处看得不太清楚。从那张照片被拍下时算起，时间已过去很久。即便如

看了看腕上的手表，确认还有一点时间，女人想先点块儿蛋糕之类的点心，便看起了放在桌上的那份手工制作的菜单。看了一会儿菜单后，正当她抬起头准备叫店员时，注意到了从马路相反方向注视着自己的视线。就在那一瞬间，少年的身影第一次停留在女人的目光中。站在自动售货机前，一只手握着果汁罐，穿着制服的少年正一动不动地看着自己。他的确在看着自己。目光相接时，他又马上若无其事地转向别处，最初女人以为自己弄错了，但是当她在意起来

此，也绝不可能看错！总之，他马上就认出了。没有任何理由。就在他目不转睛地凝视着她的身影的时候，女人终于看到了他。少年明明暗地里一直期待着这一刻，可当二人四目相对的瞬间，他却下意识地把脸扭向了一旁。随后又战战兢兢地把视线移向女人，又转移了视线，如此反复了好几次，他隐藏起内心的兴奋，最终强装镇定，回到了图书馆。

回到图书馆阅览室的座位上，少年明显体会到了与上台阶时截然不同的心跳加速。一页一页地翻

留心看时，发现对方也同样转向了自己，有两次双方的目光交汇到了一起。不久，少年就像什么都没发生一样，离开了那个地方。

女人想着，是不是自己的打扮有什么不妥的地方？便看了看衣服，又从背包中取出化妆盒，照了照镜子，发现脸上并没什么异常。

他会不会是熟人的孩子呢？她也想到了这一点，可怎么也想不起来。少年穿的制服是这一带非常有名的私立中学的校服，她从小就非常熟悉那深蓝色的

看着画册也丝毫无法平静。手握铅笔，面对写生簿良久，也无法集中注意力。于是果断收拾好东西，比往常早一些离开了图书馆，出门时已不见了女人的身影。

那晚，少年在自己的房间里，无数次努力回忆着女人的面容。然而曾经那样强烈地为之震撼，又那样热切地注视过的身影，却暧昧地融入周围微不足道的风景中，只留下模糊的影子。

从第二天开始，每逢放学坐公交车，他都要挤过

西装上衣和灰色的裤子。是自己多虑了?“婚外恋”这种关系也许就是这样，感觉任何人的目光都像是在盘问自己。不知不觉中，自己竟胆怯到这种程度了吗?

但是，从那天以后，女人竟不可思议地在意起那个少年来。在上班时的公交车上，或是工作的空闲时，脑海中总会突然浮现出少年手拿果汁罐、孤零零地站在那里的身影。因为还没看清他的脸，所以他的形象总是朦胧的。那情景就像小孩子牵着自己的裙摆一样，无数次把想要离开的她又拉了回来。他是谁

人群，占据朝南的窗边位置，拼命盯着路过的咖啡屋的窗户。在穿过最后一个信号灯而看到咖啡屋的建筑时，那日的心跳加速便瞬时在他胸中复苏。记忆总是在来到此处时才变得鲜明。他注视着玻璃窗——上面像放电影似的映出来往的车辆，努力搜寻着那个身影，然而最后注定是失望，他沮丧地从店前通过。

这样的事，持续了整整一周，少年在他所期待的第二周周四午后，果然在上次的自动售货机前，再次发现了店中女人的身影。时间依然是下午三点过后。

呢？找自己有什么事吗？

这样的事持续了整整一周后，女人意外地在接下来的周四又看到了少年站在咖啡屋对面大街自动售货机前的身影，时间还是下午三点多。虽然她不免对此感到惊讶，但此时她想到的是，少年不会对自己有爱慕之心吧。自己在那个年纪的时候，放学后也会和朋友一起去运动部偷看喜欢的学长。就算只有短暂的一瞬间，只要四目相对，就会害羞得像逃跑似的马上离开。——但是，这样的臆测终归是毫无意义的。

他注视着女人，祈祷着她能抬起头来。然而当愿望实现时，他慌忙将视线移向公园、图书馆的建筑，装作只是在途中偶尔看向咖啡屋的样子。他想光明正大地看她，可怎么都做不到。他东张西望地环视周围，倒也偷窥到几次女人的身影，他费尽心思想把那身影刻在记忆中，最后经过了一次比上一次时间稍长的对望，他依依不舍地离开了那里。

少年确信，女人的目光中没有一丝怀疑自己、责备自己的意思。反倒透露出难以捉摸的温柔，仿佛要

这跟大一两岁可不是一回事，这可是一个中学生和一个年过三十的女人的问题。

或许因为女人也这么想过，所以她并不十分讨厌接连两周从同一地点看着自己的——这次她毫无疑问地这样认为——那个少年。但对于原因，她依然不清楚，最终只能认为是奇妙的偶然吧。她一边思索着，一边以不甘心的心情等待着男人的到来。

一周后，已经是第三次了。虽然她在此刻之前还是某种阴郁想象的俘虏，但现在却切实地与少年

向自己倾诉什么似的。下个周四到来之前，他依然一天不落地望向咖啡屋的窗户，虽然他知道女人不在那里。——她可千万不要在那里。此后，同样是周四的同一时间，同样在自动售货机前，少年发现了坐在窗边座位上的她，当二人视线交织在一起时，他终于下定决心想要坚决地肯定那一推测。

他并不怀疑自己的想法离奇。从第一眼看到她时，他心中就有了这个令他确信到不可思议的想法。他想强行把他的推测、疑问替换成反问的形式来加以

四目相对。看到他痛苦地想要倾诉什么似的表情，她希望这最好是个误会，而且她觉得必须肯定这一想法。

女人注意到这一点是在上星期和男人见面时。

吃饭的时候，她难得地听他提到了他的孩子，他说“五月病[9]，那么小的孩子也有啊”。为了参加中学考试，从小学五年级的时候开始，他就让儿子进了升学补习班学习。后来总算考上了，本应该高兴的，可是不知是紧绷的弦断了，还是对好不容易考上的学校

确信。如果不是这样，为什么那个人没有对我表现出不快？无论何时，就连现在，都貌似微笑着在注视着我。啊，为什么仅限于每周四——我的学校早放学，我去图书馆的那一天——来咖啡屋呢？为什么不坐在里边，而是窗边的座位呢？这是偶然吗？这样想也没什么不自然的吧？要是有目的，那目的是什么呢？对，一定是为了来看我。就是我。为什么呢？为什么没有一丝联系的人会来看我呢？——没错，因为她不是外人。根本不是外人。那个人就是我的母亲。给

感到失望了，最近好像完全变成了一副空壳。

她当时马上想起了那个少年，只是她并没有想到两个人是同龄且互不相干的两个少年，而认为是同一个少年。

恐怕不是什么五月病，那个孩子一定发现了父亲的“婚外恋”。而且，为了看父亲的外遇对象才悄悄跑到二人幽会的现场来的吧。

这一颇有说服力的推测让女人不寒而栗。她记得今年年初的时候，男人虽表现得很低调，但却略显

了我生命的亲生母亲！……

少年为了相信这一切而拼命排除着各种各样的阻碍。年龄呢？如果还活着的话，亡母应该有三十六岁了。而那个人看上去更年轻些。但是，少年还无法准确判断年过三十的女人的年龄。这个年龄段的女人，大致都可以说是三十多岁。然而与这些问题相比，更应该怀疑的是为什么还活着这个问题。为什么呢？是幽灵吗？不是在开玩笑，也不是出于其他想法，少年曾多次发自内心地思考这一问题。她的出现

兴奋地对她说自己的独生子通过了私立中学的入学考试。而这所私立中学正是以前他跟她提到过的。女人觉得这是件令人欣慰的事，便说“太好了”，也为他高兴。之所以第一眼看到那个少年时，就那么在意他的身影，难道不是出于这个原因吗？从校服马上就能知道是哪里的学生。而且，如果是那所学校的学生，最应该想起的就是男人的孩子。为什么这样的念头一刻都没有闪过我的脑海呢？不正是自己极力对此视而不见的原因吗？

成为他开始怀疑被告知亲生母亲已死这件事的一个诱因。如果不是这样的话,那又是为什么呢?这个最为难解的问题总是在中途被搁置。不管怎样,她还活着。因为是我亲眼所见。至于原因,以后肯定会明白的。那为什么总是待在那家咖啡屋里——只是从那里看着自己,而不跟自己说话呢?这也是他不明白的。不过,应该是事出有因吧。一定有现在也还不明白的原因。

少年把这一年来一直困扰着自己的那个奇怪的

那个孩子估计在读一年级。全身透着刚穿上校服时不知所措的感觉。——这次就拿陌生的那个少年来对照一下男人的孩子。男人的孩子当然也在读一年级。而且,每周四,刚好也是自己和男人见面的那个时间,出现在那个地方,往这边看着。能把他看成是一个毫不相干的人吗?而且,不仅如此,更重要的是那表情。……第三次看到时的和第一次的明显不同。他的眼睛里有某种迫切的东西。是在责备自己吗?如果那么小的孩子对我说,不要再和我爸爸见

事件重新思考了一番。随即产生了怀疑。母亲因交通事故而死这件事是真的吗？难道不是编造出来的吗？那么，到底为什么一直隐瞒到现在呢？参加法事也是第一次，那也像是在演戏，还看到了她的坟墓，上面刻着她的名字。可是……即便如此，他们也有可能出于某种理由在欺骗我。母亲一定还活着。他们都想隐瞒这一事实！会不会是这位母亲说想见我，大家才慌忙决定告诉我她已经死了？他们想让我即使见到那个人时，也不会认为她是我的母亲。想让我相信

面了，自己该如何是好呢？

女人第一次觉得持续“婚外恋”的自己是那么的无耻。不仅对这个罪责有了具体的真实感，也知道了所谓因良心引起的疼痛，又通过它的疼痛知道了良心的所在。如果自己从一开始就和男人的家人见过面，还会不会接受“婚外恋”的关系呢？如果微笑着和他的妻子打招呼，抚摸过孩子的头呢？——正因为不会这样，才存在被“婚外恋”所吸引的人。也许有人对就这样把对方从家人身边剥离、夺走而感到了自尊心上

只有现在的母亲才是我的母亲!

少年对自己的这番推论深信不疑。第一,他有胜过各种逻辑的确凿证据。那就是女人的长相与亲生母亲相似。这也就是说,她与自己长得很像。难道还有比这更充分的对于事实的证明吗?少年之所以相信被认为已死的亲生母亲是他的母亲,原本也是因为她与自己长得很像。这一道理同样适用于咖啡屋里的那个女人。而且,如果她是自己的亲生母亲,那么必须和那个因事故而死的亲生母亲是同一个人。少

的满足,然而自己并没有那样的兴趣。如果以前就认识对方的家人,良心的疼痛一定来得更早吧?当然,自己现在的罪责并不会因此而减轻。从结果来看,终归是做了同样的事情。正因为是不自觉的行为,才更加愚蠢、难堪。

女人与男人的关系原本就没有必然性。没有任何非他不可的理由,这对于对方来说也是同样的。不过是偶然相遇,莫名其妙地产生了好感。我们之间不就是这么一回事吗?与可能导致的事态的严重性相

年在唯一的信念开始动摇的时候——也就是，当他产生了一种可怕的疑问，是不是其实长得也没那么像的时候，他就会单纯至极地把那归结为年龄的关系。相册中的照片至少已经过去十二年了。没有变化的一方，不是更为奇妙吗？

少年对女人的思慕，随着他的烦闷与日俱增，相应地，他的心也离家人越来越远。他希望他在写生簿上画的亲生母亲的画能贴近那个人，因而痛恨自己不可靠的记忆力。令他百思不得其解的是，日思夜想的

比，这显得多么无足轻重啊。

如果那个孩子是他的孩子呢？她越是这么想，这条假设的绳子就勒得她越紧。少年的容貌与男人完全不同，这应该是对她这种想法的一个有力的反证，但她却轻易就驳回了这一点。她想象着，他那修长的身形和瘦削的脸庞，一定是从母亲那里继承来的吧。这为少年的出现增添了另一重意义。那个孩子在自己都不知道的情况下，把母亲也引到了父亲的“婚外恋”情境中。这简直如同母亲故意让儿子偷偷进入这

那个人——母亲，曾经那么热切地一直望着她，却一点也想不起来她的样子。连一个令人满意的轮廓都画不出来。然而，她的身影有时却意外清晰地浮现出来，每次他都因此而深深地受到伤害。自己爱着那个人。可那是因为她是自己的母亲。这份亲情，当然应该与母子关系相称。尽管如此，他心中的某种情感，却完全不理解这个道理。他也不知道该以何种方式抗议。而且，不知从何时开始，他偶尔会像发作一样，想在为亲生母亲准备的那本写生簿上，画上裸体

个情境中一样。自从想到这些以来，对女人来说，少年的目光其实等同于男人妻子的目光。虽然同样是在责备她，但还是感觉两者不属于同一类别。

女人需要做的只是一个决断——马上果断地和男人分手。但是，虽然她心中隐约这样想着，但意外的是，她发现自己对这场恋爱竟然比想象的要执着。一想到再也见不到他，她就心里难受，和普通的恋爱没什么区别。为什么非要分手呢？自己觉得这样想很没道理，便马上改变了态度，然后她又翻来覆去自问自答

女人的姿态，少年想放声大哭，觉得这样的自己很丑陋。

日子越长，痛苦就越多，实在难以忍受。每周四下午一到，就会和那个人——母亲隔着马路，瞬间对望，然后自己又马上转过身去。她为什么总是隔着玻璃窗看着我呢？

少年想主动进入店里。可又没有实行这一想法的勇气，只是一味这么打算着。母亲不是也在等待着这一刻吗？或许是出于什么缘由，不能主动跟我搭话

兜着圈子。因此两人的关系也就勉勉强强维持下来。

一想到将要失去这段没有给自己带来多大喜悦的关系，女人就像要失去至宝一样，她深深感到了其中的讽刺意味。她每周还一成不变地和男人见面，每次都隔着马路与少年相对而视。她无法跟男人说这件事。如果说了，或许一切就结束了，也许他本人最好永远不要知道。即便这样，她也没提出要改变见面地点。虽然面对少年有些痛苦，但从咖啡屋消失，在别处重新开始幽会，也实在过意不去。把那个孩子一

吧。是因为跟父亲，或是跟现在的母亲，还有跟那对老夫妇有约在先吧。所以，应该我先去。告诉对方自己多么想见她，多么寂寞！

少年就这样无数次在脑海中描绘着那个人抱紧自己的情景。他还一次都没近距离感受过她的存在，可他却能想象出她的一切，她的温度、温存、气息、声音。然而，也只能是想象。就在幸福即将到来的一刹那，少年依然会发现这些只不过是幻影。他趴在床上，痛苦地扭动着身体，寻找那真实的感触。

个人留在自动售货机前，两个人独自在他看不到的地方放心地维持这种关系。怎么能做出这样的事情呢？如果不堪忍受愧疚的话——如果觉得孩子可怜的话，就应该考虑结束这段关系。如果可以的话，在那之前她想让少年安心。为至今为止的事道歉，发誓再也不见他父亲，想对他说你不用再像这样站在自动售货机前窥视咖啡屋里了。

女儿究竟在跟谁约会？女人的父母也很担心。三番五次地要求她如果有交往对象就堂堂正正介绍他已经不怎么和家里人说话了。一是因为没什么可说的，再就是他害怕自己一不小心把内心的秘密说出来，被人发现。如果被人知道了实情，那一切可都枉然了。若是有人采取了措施，那个人——母亲就再也不能来见我了吧。我决不要这样！

话虽如此，他也决不允许自己因行事怪异而被误认为爱上了某个人。这就是他为何谨言慎行的原因。

期末考试的复习让少年内心郁闷，整天焦躁不安。明明每周还能看到一次她的身影，可当伏案而坐

给他们。在女人哭着拒绝了一次后，他们就尽量不再触碰这个话题了。女人知道，父母之所以缄口不言是因为他们暂且接受了她情急之下所说的“请相信我”这句话。尽管自己没采取什么值得他们信任的行动。如此浅薄的谎言，自己连十几岁的时候都没有说过。现在年过三十，竟然要哭哭啼啼地喊出来。——自己一定是着了魔了。

男人依然很体贴。当她闷闷不乐时，他也会表现出真切地担心她的样子，但她并不明白这样的体贴，

时，还是感觉这个机会是那么渺小。他时常看日历，看时间。迫不及待，几近疯狂。——为什么一周只有一次呢？为什么等待的时间如此之长呢？虽然能与那个人——母亲在一起的时间总是只有一瞬间！

七月初，考试期间的第一个星期四，他一时疏忽，去了自习室学习，结果被同来为考试做准备的朋友缠住，错过了与她见面的机会。每次看手表，他的背上都禁不住冒汗。眼看聊天就要结束，马上又有其他朋友接上。大家都厌倦了考试复习，巴不得尽可能

以及他现在做出的对家人的背叛，究竟在哪里、以怎样的方式达成妥协。是为了抓住情人的心而装出的热心吗？还是在家里也是这个样子呢？那真的是虚情假意吗？又或者，他本就可以这样发自内心地珍惜对方？来到她面前时，即可以抛开其他一切。

七月的第一个星期四，在这之前，她为了准备暑假面向孩子们的体验活动而被迫陷入了令人厌烦的忙碌中，少年从那天以来第一次没有出现在女人面前。她虽然不知道那意味着什么，但即便如此，她还

延长闲聊的时间。直到被恼怒的复读生提醒,才散了场,此时已经到了四点。少年问朋友们要不要喝点什么,并以去买饮料为借口,慌忙跑到图书馆外,站在自动售货机前向咖啡屋窗边眺望。可此时,她已经不在了。

接下来的一周,他也没好好吃什么东西。掐指数着,迎来了下一个星期四,可女人没有来咖啡屋。少年绝望至极,决定跟那天与他聊天的所有朋友绝交。

考试结果非常糟糕。

是无法抵抗认为一切可能都是自己的**误会**这一想法的诱惑。**那个孩子**或许根本不是**他的孩子**。因为她并没有实际确认过。……这几乎近似于一个愿望。她像是在求救似的这样想着。但是,这样一来,还是找不出他究竟是谁这一问题的答案。她又想到,可能是对方对自己抱有好感,但怎么会呢?她立刻就打消了这个念头,没有再认真思考下去。最重要的是,那个少年是否真的是他的孩子,已经没有什么意义了。无论是谁都一样。少年让女人以看得见的形式知道

夜里，他在自己房间里，被看过考卷的父亲教导了一番，也让母亲大为担心。父母似乎都很担心长此以往儿子要么会成为不良少年，要么会逃学。少年觉得他们都是杞人忧天。想让他们不要管他。学习这件事，只要自己用心，无论何时都没问题。如今还不是担心此事的时候。自己连画都拿不出手呢！父母让他去医院接受心理疏导。去了又怎样？有什么可疏导的呢？

接下来一周的那一天——刚好是毕业典礼的日

了男方家庭的存在，这一点是不会改变的。“婚外恋”这种关系，不管如何被错认为是封闭于内部的关系，结果还是无法将其完全封闭起来。她正是因为那个少年深切感受到了这个道理。从这一意义来看，不管那个少年是谁，他都是男人的孩子。如果可以的话，她真心希望他不是男人的孩子。自己因为某个陌生的少年，意识到了这一点。多亏有了这样的意识，才得以不伤害男人真正的孩子。那能不能让一切就这样安排呢？

子——女人也没有出现。少年悲伤不已，后悔自己连一张照片都没拍下来。她一定是再也不来了。他想在这之前跟她说说话，哪怕是只言片语！如果做不到，写封信也好！啊，那个人——母亲，住在什么地方呢？要不下决心去问问那对老夫妇吧？若是拼尽全力央求，或许他们会告诉我真相吧。打个电话就足够了。要是找不到她，我也无可救药了。难道真的见不到那个人——母亲了吗？从今往后我该如何是好呢？

接下来的一周，女人因去了东京而没有和男人见面。再下一周，由于男人的原因，两人只在周二找时间简单吃了个饭。

就这样整整一个月没见到少年，也许他现在还独自站在自动售货机前吧。他的身影一次又一次浮现出来，让她感到心痛。以为我逃走了吗？不会以为我们又去了别的地方而正在四处寻找吧？考虑到孩子的活动范围，大人是没有理由从那里消失的。那个孩子觉得这样很卑鄙吧？大人的狡猾让他感到愤怒吧？

如此过了一个月都没能见到她，七月末的一次课外活动结束回家时，他终于在那个自动售货机前，又发现了她坐在咖啡屋窗边座位上的身影。那一日，少年第一次目不转睛地盯着那张脸，直到她移开视线。少年没有看错，她的表情里瞬间浮现出的显然是见到熟人时的表情。她居然记得自己，少年为此而狂喜。这应该是一种与她是自己母亲的想法有些矛盾的感动，但少年并不在乎。

尽管我没打算那样做……

之后，在七月最后一周的星期四，女人再次透过咖啡屋的窗户，看到了站在那台自动售货机前的少年的身影。——他果然每周都来这里。……此时，她无论如何都无法从少年的表情中看出憎恨，反而看到对方脸上洋溢着重逢的喜悦。她甚至忘记了自己所处的立场，爱怜起他的坚毅来。他就站在那里，什么也说不出来。虽然说不出口，却用殷切的眼神倾诉着。

隔着道路相对而视的时间是那样长,足以发生任何事情。不,是必然要发生。一般人不会这么长时间平白无故地互相凝视吧。

但是,少年在那一瞬间却没能下定决心。随后,他回到了图书馆,心不在焉地盯着画集,遂又被为时已晚的决断所牵动,急忙跑到咖啡屋前,可此时窗户里却出现了一个摊开报纸、吸着烟的陌生中年男子的身影。

少年责怪自己太怯懦。如果那是最后的机会的话,啊！自己竟眼睁睁地错过了这次机会。自己多么傻啊！或许不会有下一次了吧！自己原本那么期待！该怎么办呢？自己那般痛苦,终于等到了这一时刻的

但是,她没能从咖啡屋出来,跑到少年身旁。或许会被他大骂一顿吧。当她冷静下来后,她不禁对此感到害怕。虽然他这样做是理所应当的。自己本就应当受到这样的对待吧。

不一会儿,少年就消失了,她上了随后出现的男人的车,那天也直接去了酒店的房间。虽然她实在没有心情,但觉得这或许是最后一次与他见面,随他所愿,由他摆布。时隔三个星期被他搂在怀里,她依然很高兴。无论是躺在床上闲聊,还是相对而坐共进客

到来！自己还是太没有计划了。只是一心想要见她，该说的话想都没有想过。如果还有下次——啊，到时一定要进入咖啡屋，跟她搭话！那个人——母亲，也一定在期待着这一刻吧。因为，如果她讨厌我，就不会特意来这里了。……再来一次，哪怕是最后一次也好。如果她再次出现在我面前的话，我一定要进入那家咖啡屋，然后对那个人——我的亲生母亲，表明我的心意！

到了两点四十分，少年不安起来，去自动售货机

房准备的晚餐时，她都在确认，她都觉得自己是爱着这个人的。对那个孩子产生的一瞬间的怜爱之情，不正是因为觉得他是这个人的孩子吗？自己那时不也希望那个孩子是他和自己之间的孩子吗？——想到这儿，她觉得自己实在太傻了。这简直不像是正常人的想法。这应该是跟那个愿望最不沾边的恋爱了。正因为如此，才觉得很有魅力吧。

在公共汽车上，无论经过哪条路，拐过哪个弯儿，都是一样的摇晃，在上班路上的车里养成打盹儿习惯

那儿看了一次，女人还没有来。停车场空空如也，可以清楚地看到店里。今天也不来了吗？因为到暑假了？认为我不会来了？这些想法让他感到安心，他对这样的自己感到很生气。都到了这种时候，竟然还下不了决心吗？

此后，也就过了七八分钟——没到十分钟——他就已经出去看过两次咖啡屋里的情形了。每次从微暗的自习室前的通道来到外面，他都会因午后的阳光而眩晕不止。那明晃晃的、隐藏不了任何东西的亮

的女人，稍不留神的话上眼皮就落到了眼前。她觉得睡着了或许会轻松一些，但一想到不得不在前面的车站下车，就轻松不起来了。不，索性就这样做吧。睡着了，坐过了站，远远地离开那家咖啡屋，那个少年，还有他？……

公共汽车很快便来到了“市立图书馆前”这一站，女人一边犹豫着不知该怎么办，一边站了起来，像是被后面的乘客推着似的，在那里下了车。

时间恰好刚过下午三点。

度，反倒叫他郁闷。熟识的中年图书管理员说他今天与往常相比给人的感觉不太一样。他后悔来这里时穿了平常的衣服而不是校服。要是那个人——母亲因此而没有认出我呢？他连这种事都要担心，剧烈的心跳让他痛苦不堪。

到了三点十五分，少年怀着与这之前稍有不同的强烈预感，战战兢兢地下了台阶，穿过马路，站到自动售货机前。当他往店里看时，窗边出现了那个人——母亲的身影。

进了咖啡屋，她点了一杯冰咖啡，在咖啡来之前，她用杯子里的水润了润喉咙。泛着蓝色的大玻璃杯里的水很快就消失了一半左右。她微微舒了口气，闭上了眼睛。一旦与外界隔绝，就会对内心的喧嚣更加敏感。她又缓缓地睁开眼睛，看了看手表，想着他应该快来了，便抬起了头，而视线前方，出现的竟是那个少年的身影。

两人四目相对，尽管视线不时被路上过往的车辆遮挡，但却一直捕捉着对方的脸。苍白的沉默浸染了各自的身体，心脏的跳动波从其深邃的中心荡漾开来。

时间迅速离自己远去的恍惚与想要立刻逃离此地的紧张双双向少年袭来，让他浑身颤抖。他含着干涸的唾液，使劲吞咽，努力想要保持镇静。一辆自行车碰巧接近少年所站的人行道，骑车人匆忙按响车铃，他不得不暂时将视线从女人身上移开，缓步向后退去。然后，他顺势低着头走上前，待到信号灯变为绿灯时，开始通过人行横道。如同血液突然开始在淤血的指尖流动时一样，他感觉自己的体温瞬间从体内静静散去，把周围的噪音染成了红色。躲进树丛里，

女人感到必须做出决断了。这种事，今天应该是最后一次。离开咖啡屋吗？他父亲来之前能顺利地把话说完吗？……这时，女人看到少年险些撞上擦身而过的自行车，不由得轻轻叫了一声。幸好在撞上之前躲过，少年才平安无事。她松了口气，看着开始通过信号灯的他，又陷入了另一种紧张的状态。她感觉他和平时不太一样。不会是要来这里吧？即便是这样也没关系，但她不想让少年碰上他的“父亲”。也许，少年本就是这么打算的，在这里跟她一起等待男

看不见女人的身影时，少年长长地呼了一口气，右手按在胸前。如果不这样用某样东西按住的话，那里就会因心脏剧烈的跳动而迸裂。

他向着咖啡屋径直从公园旁边走过。树木从视线中消失，围墙向身后退去，建筑一点点显露出来。少年再次放下右手，紧紧攥住了裤子。手表此时又从手腕上滑落下来，卡在手背上。等到窗框、窗户逐一显露出来，女人的身影也随即映入了他的眼帘。她似乎也在等着他的出现，视线移向了这边。

人的到来。

就在刚好看不到少年身影的时候，女服务员端来了冰咖啡，随即又返回柜台，用取来的水壶给杯子里加满了水。她撕开吸管的纸袋子，将吸管插进咖啡里，滴入一些牛奶，搅拌均匀。然后，她喝了一小口，又把目光转向了窗外。如果少年正朝这边走来的话，他的身影应该会从围墙的阴影里出现。就在她这么想着的一刹那，她看见少年果真正在朝这边走来。这一切来得太快，让她感到不知所措。

他无数次提醒自己要平静。他难以忍受，中途几次移开视线，可马上又抬起头来。越是靠近，脚步越是快。来到停车场的斜坡时，就不再看女人，径直往店门口走去。

就在他站在门前，犹豫要不要进去时，以白昼的光亮为背景，映在了门玻璃上的脸，如同在逆光下拍的照片，看上去黑黢黢的。如同他人之脸。少年不知该如何舒缓他僵硬的表情，只是擦了擦汗，然后抓住门把手，慢慢地将门拉开。

她曾想冷静下来，跟他好好谈谈。或许这样做会令自己陷入难以形容的悲惨心境。但那也是自作自受。如果不遭受如此报应，就结束与“婚外恋”对象的关系，终究是太便宜自己了吧。

女人调整了一下坐姿，又喝了一口咖啡，把它放到一旁。心脏跳得越来越快，感觉自己也正渐渐失去平静。少年若有所思地伫立在门前，努力抑制着脸上的汗水，然后像是下定了决心，抓住了门把手，把店铺的门向外拉开。

安装在店门顶部的铃响了起来。

它摇晃碰撞发出了巨大的声音,令少年胆怯。

女人连忙回过头,不知店员会如何对待到访的少年,很是担心。

靠里的柜台同时传出了两声“欢迎光临”。客人除了女人之外，只有一位跟店长聊得正起劲儿的家庭主妇模样的女人。

少年马上朝右手窗边的座位看去。视线恰好碰上正目不转睛盯着他的女人的视线。

她马上转回视线,朝少年看去。他也正回过头来,忐忑不安地看着她。

年轻的女服务员伫立在门口，疑惑地盯着少年，而他一直与自己和店长闲聊时聊起的那个女人默默相对，不禁问道："您是一个人吗？"

少年似乎被这声音吓了一跳，回过头来一声不吭地点了点头，又像是否认似的，马上摇了摇头。

女人看出了少年的动摇，她犹豫着自己是不是应该主动为他说出“是我的朋友”这一句话呢。

店内流淌着电影配乐般令人感到甜腻的管弦乐曲，只是音量调得很低，能清晰地听到室内人们的说话声。

女服务员看到少年朝女人所坐的方向迈出了脚步，思忖着两人原来是熟人，然后回到了柜台。先给杯子里倒满了水。

少年来到桌旁，一言不发地停下了脚步。女人静静地仰视着他的脸。女服务员远远望着两个人的样子，犹豫着要不要现在把水端过去。

过了一会儿，女人微微侧过头，像是在问有什么事。闪现出一丝像是微笑似的表情。少年想开口说话，便悄悄用舌头润了润之前紧咬着的嘴唇。只要一句就好。只要唤她一句就好。

不快点说出口，服务员就要来了。必须在她来之前说出口。少年这样打算着，可是正当他刚刚要开口说出“嗯”的时候，

女人不知该如何打发这段时间，迫不得已朝他转过了头。此时她无意中带出了一丝成年人的微笑，她为这个不谨慎的微笑而感到不知所措。自己原本处于应向这个少年谢罪的立场，却对他露出了那样的微笑。……

不管怎样，她想让少年先坐下来。等平静下来再说话。她这样想着，用动作示意他坐下的时候，

女人的手不小心碰倒了装着水的玻璃杯。她吃惊地叫了一声，慌忙扶起杯子，可为时已晚。桌上已都是水，杯子倒下时顺势溅出的冰块接连不断地滑落到地板上。女人急忙拿起湿手巾，狼狈地胡乱擦去桌上的水。面对这件始料不及的事，少年不知该如何是好，他马上蹲下身，在水即将滴落的桌下，收拾起散落在地板上的冰块来。

女人无暇思考便对他说："啊，没关系的。"

第一次听到她的声音，少年唰的一下站起了身，觉得自己好像做了一件完全不着边际的事，红起脸来。他像是要把手中的冰块藏起来似的紧紧地攥着。

这时，知道发生了突变的女服务员，手里拿着两块抹布朝二人走了过来："没事吧？杯子没碎吧？"然后若无其事地回头看了看站在那儿一动不动的少年。

就在那一刹那，有什么东西清楚地向他宣告了结束。心脏突突跳动的声音清晰得让他心痛。最后，他又看了一次女人的脸，

女人马上意识到情况不妙。她抬起头想要叫住他时，却看见少年一副眼看就要哭出来的样子，紧紧盯着她，

迅速转过身,一句话也没说就跑出了咖啡屋。

太可悲了。少年觉得自己简直笨得无可救药。

他不顾一切地在大街上奔跑着。刚才的情景像追赶着他似的，多次出现在他脑海中。他使劲摇着头，想把这一切甩掉，不停地奔跑着，一心想要逃离。

逃得越远越好。他不愿引人注目，离大路越来越远，他甚至不记得自己在哪个拐角如何转的弯，只是在陌生的道路上拼命奔跑着。因为不知道停下来后该做些什么，所以只好继续跑下去。等跑累了，自然会停下脚步。他想到时候再找个没人的地方，放声

自责之念瞬间涌上心来。——自己做了无可挽回的事情。……

女服务员一副不明所以的样子，小心翼翼地问："你们认识吗？"女人没有抬头，只回答道："不认识。……"为了防止被问及更多问题，她把目光转向了被水浸湿的桌子，抬起头说："能再给我拿一块湿毛巾吗？""啊，好的。"女服务员一脸疑惑地回应道，然后把两块抹布留在桌上，回到柜台，说："再来一块湿毛巾。"

痛哭。

他知道自己再也见不到那个人了。再也没有机会跟那个人说话,把自己的心情说给那个人听了……

他不停地擦着汗。视野恍惚,轮廓摇曳,建筑物、道路、电线杆的形状扭曲了,与天空混为一体。柏油路面坚硬的触感,随着脚步声由脚下传了上来。他气息急促,步伐慢了下来。他一边忘我般地在大街上奔跑着,一边无数次在心中重复着:那个人,那个人……

手腕每一晃动,戴在左手上的手表就跟着上下晃

女人为了摆脱混乱,打算喝口咖啡,却不小心弄倒了水杯。她拿起那个杯子,毫不介意地把杯中仅剩的冰块倒进了嘴里。她决定今天就和男人分手,而且,再也不跟他联系。

下定决心的时候,她觉得此事也不过如此,不值得烦恼三个月,也不值得让那个孩子遭受三个月的折磨。

她厌恶一切,包括自己。她从返回的女服务员手里接过湿毛巾,擦了擦溅湿了一角的裙子,然后看着

动。他紧握拳头，水不时从指缝间滴落。每当快要泄劲儿时，又用力攥紧。在没有了血色的手中，

对方收拾桌子。“对不起。”女人道了歉。“没关系。”女服务员不自然地对她笑了笑。女人转向窗外，目光虚空。然后，呆呆地望着马路对面的自动售货机，在她微闭的口中，

逐渐融化的冰块被冰冷的麻痹感包裹着，即将消失殆尽。

【注释】

① 日本的都、道、府、县是平行的一级行政区，其长官称知事，各行政区下设若干个市、町、村。

② 出自《圣经·新约·马太福音》4章5—7节，原文是耶稣对魔鬼撒旦的训诫。

③ 火柴盒行政，日语为“ハコモノ行政”，讽刺国家或地方政府滥用税收建设不必要的政府办公大楼、市民馆、博物馆、主题公园等行政行为。

④《现代世界美术全集》，日本河出书房出版社于1966年出版的一套美术书籍。

⑤ 巴勃罗·毕加索(Pablo Picasso，1881—1973)，西班牙画家、雕塑家。下文的《初领圣体》是毕加索15岁时创作的写实画。

⑥ 根据作品风格，毕加索的艺术创作时期通常被分为5个时期。目前对时期名称，学术界尚有争议，大致是“蓝色时期”(1901—1904)、“玫瑰红时期”(1904—1905)、“黑人时期”(1906)、“立体主义时期”(1907—1911)和“超现实主义时期”(1912—1973)。

⑦ 埃尔·格雷考(El Greco，1541—1614)，西班牙文艺复兴时期画家、雕塑家与建筑学家。

⑧ 指美国画家爱德华·霍普(1882—1967)，所创作的绘画《自动贩卖式餐厅》。

⑨ 五月病，在日本社会中，对新环境不适应而状态不佳的一种身体症状，因多发生在每年的五月份，故称为五月病。这是由于四月份是日本的新生入学、新职员入职的月份，对于新环境的种种不适应通常会在一个月后，即在五月时表现出来。

关于《高瀬川》的创作手法[①]

平野启一郎

《高濑川》是《葬送》[②]之后迈出的第一步，从这一意义来看，对我来说是一部非常特别的作品。题目虽然定为《高濑川》，但收录的四篇作品同等重要，如能把这四篇作品合起来，看作一部完整的作品的话，我将不胜荣幸。

《清水》是所收录作品中唯一一篇在《葬送》执笔之前创作的，并积极地在小说中采用了象征性的手法，这一点同《日蚀》[③]和《一月物语》[④]一样，但这篇作品的自由度更大。初看起来，可能会被认为是意识流的作品，但这篇作品我几乎没做任何创作前的准备，短短几天一气呵成，于我而言也是极为少见的。虽然是个短篇，但却包罗了存在、时间、死、记忆等对我来说最为切实的主题。我觉得把这篇作品和《日蚀》《一月物语》放在一起，看作另一个“三部曲”也是有可能的。

关于本书的同名作《高濑川》，大家或许会关注其作为私小说的特性，而我思考的则是以神话和古典为基底，采用让剧画[5]的作者本人自由登场的手法。所谓古典，当然是指森鸥外的《高濑舟》，而对于神话，我内心想到的则是数不胜数的前往冥界的故事。再有就是我想通过单纯的几何学模式来创造小说结构，我的这一关注点在这篇作品中尤为显著，但是又与多采用对称手法的《日蚀》的巴洛克式或是《葬送》古典主义风格的结构有所不同。在这篇作品中，圆与直线的设置更为自如，更具有现代主义风格，或许会在让它们相互交错的瞬间生发出几许新意。

作品中给性描写分配了较多的篇幅，对此无须赘言，大家以自己喜欢的方式阅读即可。

《追忆》于我而言，涉及了最为"个人"的主题，其中的晦涩也可以说直接源自表现这一主题的难度。

从形式来看，这篇作品或许应该叫作"诗"，但二十世纪的诗歌因想要获得与扩大固有语言空间而付出了极难解读（旧式语言允许读者轻松解读，毋宁说这些困难既来自拒绝使用这种旧式语言）的代价。面对这样的困难，通常的做法是通过比较同一作者创作的多部作品来探求各种特殊表达的“意义”,而我所追求的是另一种实验,即能否通过对同一作品内所使用的语言进行多样的散文化来克服上述困难。一直以来我都在思考构成某一部作品的一系列语言之间所具有的“亲和性”问题。写小说时,使用的语言应该没有特别的限定(也包括新造词),但是实际拿起笔创作一段时间后,自然就能看清作品中有可能使用的语言和不可能使用的语言之间的界限了。这并不是作家的特殊能力。那些稍稍偏离了界限的词语所引起的不和谐感,就连一般读者也能轻易发现,聪明的编辑也会在进入编校阶段时把这些词语标红。词语的亲和性并非源自逻辑上的关联,也不受文章前后顺序的束缚。因此,即使把一度完成的作品解体,再任意将这些词语组合起来,作品因为有了词语间“亲和性”的保证,应该也可以接近其想要表达的某种含意吧。而且,其多样的展开方式也能使在同一作品内的“解读”成为可能吧。这就是这篇作品的构思。为此,我按照每个词至少使用一次的原则来组合所有词语,然后试着沿时间顺序把它们排列起来。

与此相反,创作《冰块》时,我脑海中出现的是如何分配空间的想法。在《葬送》的创作过程中,我曾几度感受到的不自由，就是常见的二人无法同时占据同一场景的问题。因此，无论登场人物怎样共有同一时间（例如有时对事件表现出的刹那间的反应，就连这种情况也是如此），最终只能按照顺序，逐一描写。另外，每个人拥有的多样的时间流变也只能融入同一条时间主线中。这种可以叫作“直列法”的创作方式至今仍是小说唯一的叙述方法。这是因为，小说这种形式仅在词语内部构成，每个应该书写的对象只能通过语言的分配来决定他们在什么位置，占据多少篇幅。因此，我转换了思路，从最初已经分配好了空间这一想法出发。然后，我决定通过有限的（其最小具体单位为平摊开书的左右两页）空间分配来思考应该书写的每个要素（如风景描写，或是每个登场人物的描写）放在什么位置、写到什么程度的问题。以往一直被限定在语言直线相连（例如起承转合的方法）这一形式上的小说，通过这种方法与实质上能够掌控的空间关联起来。我想从这方面出发，应该能够发现新的表现形式吧。

这次我采用的手法可以叫作“并列法”，其形式是在左右两段分别设置一个登场人物，在几个地方让二者产生交集。其实，即便是采取这种创作方法，最终读者也只能分别来读，但至少没有了必须先读哪一个的强制性，从而被赋予了自己决定阅读顺序的自由。这样一来，小说内部时间的流转方式，反倒能够获得与视觉印象相辅相成，与内容相得益彰的多样性吧。

虽然我认为创作手法只是从这一想法中获得的最为简单的形式，但也对小说创作今后发展的可能性寄予期待。

以上粗略地介绍了《高濑川》的“创作手法”。不过，阅读作品时，读者大可把这些话完全抛到脑后。如此执着于方法论，不过是作者不太想直接对内容进行解释的逃避方式罢了。

【注释】

① 此文首次发表于杂志《本》2003年4月号。

② 平野启一郎创作的长篇小说《葬送》原稿多达2500页，日文版于2002年出版，是继其作品《日蚀》《一月物语》后的一部古典巨著。

③《日蚀》是平野启一郎的处女作，出版于1998年，获第120届芥川奖。

④《一月物语》是平野启一郎出版的第二部小说，日文出版于1999年，与《日蚀》《葬送》并称为“古典三部曲”。

⑤ 剧画，日本的一种漫画，绘画风格比传统漫画更为写实。